小学館文庫

おつかれ聖女は休暇中！
～でも愛のためには頑張ります～

氷川一歩

小学館

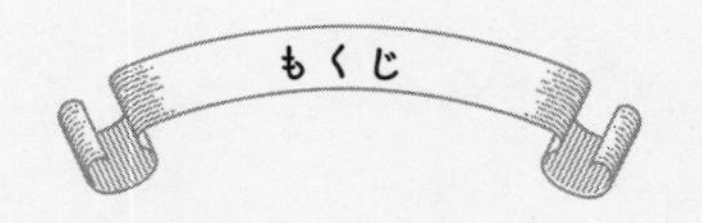
もくじ

第一話

癒やしの大聖女

永翔（えいしょう）帝国は、三つの奇跡に恵まれた国と言われている。

一つは、その豊かな自然環境。

四季の移ろいがある肥沃な大地は、一年を通して様々な作物が収穫できる。そんな安定した食料供給に加え、国内を流れる二本の巨大運河は船で多くの物資を一度に運べる物流の要となり、国の隅々まで活発に人と物が行き交って発展した。

二つ目の奇跡は、気難しい亜人種族国家とも友好的な関係を築けていることだ。

種族が違い、文化も大きく違う人類国家と亜人国家では争いの種は尽きないものだが、永翔帝国ではこの十数年、他国との争いらしい争いは一切なく、平穏に過ごすことができている。

そして三つ目の奇跡は、国家医療院にあった。

「はっ、はっ、はっ……ううう……っ」

医療院の治療室には、ひと目でわかるほど重い怪我（けが）を負った男が運び込まれていた。

息は速く浅く、顔色は青白い。血の気もない。

衣服には赤黒くなった血痕が飛び散り、そして何より固く紐（ひも）で締め付けられている左腕は、肘から先が失われていた。

普通ならば助かる見込みはない。

よしんば助かったとしても、それは命を繋ぎ止めたというだけで、以前のように動き回ることは難しいだろう。

「気をしっかり持って！」

負傷者の男へ必死に呼びかけているのは、〝聖女〟と呼ばれる癒やしの力を持つ女性だった。彼女が手をかざせば、血の気の失せていた負傷者の顔色がわずかに良くなっていく。

そんな聖女の存在が、永翔帝国三つ目の奇跡――といえば、少し違う。

聖女――男性であれば聖人――と呼ばれる存在は、永翔帝国だけでなく、近隣諸国や亜人の国にも数多く存在する。この国家医療院だけでも、聖女や聖人の数は合わせて二十人ほどになるだろう。

聖女や聖人は、生まれながらにして癒やしの力を持っている。国や種族によって癒やしの力を行使する手順は違えども、基本的には手で触れることで発揮される。

怪我であれば、その患部に。

病であれば額に。

そうすることで傷は治り、病は癒やされる。

それはまるで、雲山のさらなる奥地に住まう仙人が起こす奇跡のようだ。

「諦めないで！　眠っちゃダメ！」

けれど、仙人がもたらす奇跡の術とは比べるべくもなく弱い。

当然ながら死者を生き返らせることはできないし、この重傷者のように失われた腕を復活させることもできない。病にしても、治せるものと治せないものがある。

それらは聖女自身の能力に依存するところが大きいのだが、何にせよ、限界があるのだ。

故に治癒の術を扱う者たちは仙人には届かず、けれど人々を疫病から救う聖なる者として、永翔帝国では癒やし手のことを聖人、聖女と呼ぶようになった。

だが――。

「遅くなりました！」

――何事にも例外はある。

重傷者の治療が続く治療室に、新たな聖女が駆け込んできた。

装いはすでに治療を進めていた聖女と同じ、純白の医療着。白銀色の髪はよほど長いのか、束ねてくるりとまとめても肩甲骨まで届いている。肌の色は日の光を浴びたことがないと錯覚させるほど、透き通るような白さがあった。

そんな聖女の印象を一言でいえば――白。

まるで、世界を育む穏やかな陽光のように柔らかさが全身から溢れていた。

ただ、醸し出す柔らかさや優しさとは裏腹に、眼光だけはどこか鋭い。一刻を争う重傷者のいる治療室なのだから当然といえば当然かもしれないが、目の周りがどこか濁っているように黒ずんでいることも、気になる人は気になるだろう。

「お待ちしておりました、蘭華様！」

同じ聖女からも〝様〟と敬称を付けて呼ばれる蘭華は、小走りで駆け寄って聖女と場所を替わり、今にも命の灯火が消えようとしている患者の全身に目を走らせた。

左腕の欠損が一番の大怪我だが、それだけではない。頭部に裂傷、右腹部からの出血もひどい。蘭華の前に治療をしていた聖女の力でも、傷を完全に塞ぎきることはできていなかった。

「ら、蘭華様……これ以上になると、あたしの治癒では――」

聖女の口から諦めの言葉がこぼれる。無意識ながらも、救わねばならない患者を前に、「もう無理だ」という諦めの感情が首をもたげる。

「大丈夫」

そんな聖女に、蘭華は短く答えた。

励ますでも勇気づけるでもなく、ただそれが事実であると言わんばかりに、断言する。

「私が駆けつけられる場所で、手の届く範囲ならば、誰一人として病や怪我で命を落とすことはありません」

そっと、手をかざす。

「それだけは、絶対です。絶対に、私は命を取りこぼすことはいたしません」

変化は劇的だった。

重傷者の顔色はまたたく間に血色が良くなり、浅く速かった呼吸も穏やかで落ち着いたものになった。

そして何より驚くべきは、失われた腕が復元されていったことだ。

それはまるで、時を巻き戻したかのように、もとから失われてなどいなかったかのように、完璧な復元であった。

「……ふぅ」

重傷者の容態が安定したのを見て取り、蘭華は大きく息を吐く。

そう——彼女こそが永翔帝国の三つ目の奇跡、完全なる治癒能力をその身に宿す癒やしの大聖女、蔡(さい)蘭華である。

他の聖女や聖人が患者の延命しかできないような症状であっても、彼女ならば触れただけで完治させることができる。できないことは、予め(あらかじめ)定められた寿命を延ばしたり命の灯火が消えた死者を蘇らせる(よみがえらせる)ことだけだろう。

死者を蘇らせることができない時点で仙術のそれと違うのは明白だが、それでも並み居る聖女・聖人の癒やしの力とは一線を画している。

それほどまでに規格外の治癒能力を持ちながら、蘭華は他者を癒やすことに躊躇い(ためら)や分け隔てがない。

主上であれ、罪人であれ、異国の者であれ、亜人であろうとも、求められれば癒やし、求められずとも病む者、苦しむ者の下へ赴いてすべてを治す。

故に、蘭華は〝聖女〟ではなく〝大聖女〟と呼ばれている。その名は永翔帝国のみならず、近隣諸国にも轟(とどろ)いていた。

ひとえにこの十数年、争いらしい争いがないのは彼女の存在が大きい。

敵であれ味方であれ、彼女がすべてを癒やしてしまうからだ。

「これでもう大丈夫です。今は直前の怪我の影響で眠りについていますが、目覚めれば普段どおりの生活を送れるでしょう」

「お疲れ様です、蘭華様。今回も見事な治癒でございました」

「ありがとう。次の患者が待っていますので、後のことはお願いしますね」

「え……？　あっ、あのっ、蘭華様!?」

呼び止める暇もなく、蘭華は駆け足で治療室から出て行った。休んでいる暇など一秒もないとばかりに。

「……今日もお忙しそう」

聖女が呆れたように呟く。

事実、蘭華の日常は慌ただしくて忙しない。

昼夜を問わず医療院内を駆け巡り、平日だろうと休日だろうと祝日であったとしても求められれば癒やしの力を行使する。

怪我の大きさや病の深刻度に関係なく、苦しんでいる人を見れば癒やしていく。

正直なところ、誰よりも絶大な癒やしの力を持つ蘭華は、その分、医療院内のどの聖女や聖人よりも忙しい。

それこそが、他人より強い癒やしの力を持つ自分の役目だと言わんばかりに。

「さすがは大聖女様です。でも――」

聖女は蘭華の精勤ぶりに感心するものの、一抹の不安も感じている。

「あんなに働き詰めで、お体は大丈夫なのかしら……？」

この聖女に限らず、誰の目から見ても蘭華の仕事量は多い。その量は通常の聖女や聖人の五倍……いや、十倍と言っても過言ではないだろう。

それほどまでに彼女は働き続けている。

それが蘭華の日常だ。

おそらくは、その才が認められて癒やしの大聖女と呼ばれる前から、昼夜を問わずに人々を癒やし続けている。

そんな姿を、医療院内の聖女や聖人のみならず、働くすべての人々が見ている。

とてもじゃないけれど真似(まね)できない――と、皆が皆、口を揃(そろ)えて言うだろう。自分が同じことをすれば、きっと体を壊して倒れてしまう。

卓越した治癒能力を持つ大聖女は、自身の体力も規格外なのだろうと結論づけて、蘭華の多忙さを心配した聖女は頭を振る――そんな時だった。

「だっ、誰かーっ！　蘭華様が……大聖女様がーっ！」

国家医療院に、悲鳴が轟いた。

＊　＊　＊

帝の執務室では、とある報告がなされていた。

「妖獣か」

永翔帝国の君主、煌九龍(こうくーろん)の耳にその情報が届いたのは、朝の早い時間だった。封豨(ほうき)と呼ばれる巨大猪(いのしし)の妖獣が、一度に五匹も現れたのだ。

封豨は、一匹でも小さな村なら一日と掛からずに食い散らかすほどの悪食な妖獣だ。農作物や家畜だけでなく、人だろうと家だろうとなんにでも齧(かじ)り付く。

気性は荒く、群れを作ることはないと言われている。

それが、一気に五匹も現れた。

すでに大きな被害も出ているようで、封豨に襲われた何名かは帝都の医療院に担ぎ込まれているらしい。

「……魔の山で何かが起きているのやもしれんな」

封豨に限らず、妖獣というのは本来人里に出てくることはない。出たとしても年に数回、それも一匹ずつ、多くてもつがいの二匹だ。

というのも、すべての妖獣にはテリトリーが決まっているからである。

永翔帝国の北方、その領土外の北東から南西にかけて大陸を分断するかのように連なる大連峰の一角、〝魔の山〟と呼ばれている場所が、妖獣たちの領域だった。

そこは、人が決して足を踏み入れてはならない禁足地。一度足を踏み入れれば、数多(あまた)の妖獣に襲われて生きて戻ることはできない。

永翔帝国のみならず、どこの国であっても大連峰——特に魔の山近辺には手を出さない。

封豨も本来ならばそこに生息している妖獣だ。

なのに、現れた。

それも、一度に五匹も。

考えられるのは、魔の山でのっぴきならないことが起きている可能性だろう。

「ともあれ……まずは出現した五匹の封豨の討伐が優先だな。すぐに兵を召集し、討伐隊を向かわせよ。同時に調査隊も編制し、魔の山へ向かわせるのだ。異変の有無を調べ、情報を持ち帰らせよ。ただし、深入りはさせるな。派兵した調査隊が一人も戻らんのでは意味がない」

「はっ」

九龍帝の指示に、控えていた宰相が頷く。

封豨の討伐は、約百五十人ほどの兵で構成される中隊規模の戦力で対処するのが一般的だ。それが五匹となると五個中隊――約七百五十人の兵が動員されることになる。それでも少なからずの被害は出るだろう。

だが、永翔帝国には癒やしの大聖女がいる。死者はどうしようもないが、生きてさえいれば癒やしてくれる。

その安心感が、帝に即決で封豨討伐の決断を下させていた。

「失礼いたします！」

するとそこに、文官の一人が息せき切って帝の執務室に飛び込んできた。

「何事だ!?　主上の御前であるぞ！」

宰相から叱咤の声が飛ぶが、九龍帝は問題ないとばかりに手を上げて制した。帝の執務室に出入りできる者の中で、無作法ものは基本的にはいない。

にもかかわらず、ノックもなく飛び込んできたのならば、それ相応の理由があることは容易に想像できる。

「申し上げます！　癒やしの大聖女蘭華様が……たっ、倒れられ、意識不明とのことです！」

「なっ、なっ、なっ……なんだとぉっ!?」

封豨が五匹も同時に現れた時でさえ冷静な判断と落ち着いた態度を崩さなかった九龍帝が、文官からの短い報告で声を荒らげて取り乱した。

＊　＊　＊

癒やしの大聖女、蔡蘭華倒れる。

その情報はまたたく間に帝都に広がった。

当初は箝口令が敷かれていたものの、蘭華が倒れたのは国家医療院であり、大勢の患者や来院者も現場に居合わせていた。全員の口を塞ぐのは、たとえ勅命をもってしても不可能だったのである。

大聖女の昏倒に、人々は計り知れない動揺を覚えた。

いったい大聖女様に何があったのか。

お元気であらせられたというのに、突然倒れて今もまだ意識が戻っていない。

やはりあれほどの治癒能力は、大聖女様ご自身に相当な負担をかけていたのではないか——等々、人々の間で様々な憶測が飛び交い、それが四方へ伝播するうちに、まるで真実かのように語られる噂が生まれた。

曰く「大聖女様は余命幾ばくもない」というものだった。

大聖女様の癒やしの力は、ご自身の生命力を分け与えてくださっているのだ。それがついに、限界に近づいて倒れられたのだ——と、人々は〝噂〟が事実であるかのように囁きあった。

「……はっ！」

一方、自身にまつわる噂がそんなことになっているとは夢にも思っていない大聖女蘭華は、昏倒してから三日目の昼に目を覚ました。

「ここは……私、ええっと……」

なんとなく見覚えのある天井に、澄んだ清浄な空気。

ここは病室だと、すぐに気づいた。

けれど、自分がどうして病室の寝台で横になっているのかがわからない。

直前までで覚えているのは、医療院の中を移動中のこと。そこからプツッと意識が途切れ、今に至る。

　思ったよりも意識ははっきりしていた。むしろ、記憶が途切れる前よりもスッキリとして晴れやかな気分だ。

　今まで以上にバリバリ働けそう——そう思った時だった。

「らっ、蘭華様！」

　ガチャリと開いた扉から一人の聖女が入って来るや否や、「何をそこまで」と思うほど驚きに目を見開き、涙さえ浮かべてみせたのだ。

「え……と、あの……ど、どうしたの？」

「良かったです！　三日も意識を失っておいでで……お目覚めになったんですね！」

「意識を……えっ、三日!?」

　蘭華本人の感覚としては数十分か一時間くらいかと思っていた。

　なのに、予想外にも長い時間を言われてつい目を白黒させてしまう。

「あっ、すっ、すぐに天子様へご報告してまいります！」

「はい？」

　そこへ畳み掛けるような聖女の言葉に、蘭華はすぐに反応できなかった。

　天子様と言ったのだろうか？　なんで天子様に報告を？

　ちょっと意味がわからない。

確かに、一時間ばかりと思っていたのが三日も寝ていたとなれば、その間、サボっていたことになる。

本来蘭華が診なければならない患者も、他の聖人や聖女に回されていただろうし、それで迷惑をかけたこともわかる。

しかし、それで何故、天子様に報告をされなければならないのだろう？

確かに蘭華が所属している医療院は国家医療院であり、内務府が設立したものである。そういう意味では、最高責任者は九龍帝ということになるのだろう。

だが、九龍帝の医療院での肩書は、現場責任者というよりも出資者、経営者というものに近い。

現場で働く聖女の失態を報告するならば、それは経営者ではなく現場責任者の方が適切なのは言うまでもない。

（天子様に報告っていうのは、上に報告……って意味よね？）

本当に天子様へ報告に行ったかどうかは別として、聖女が上へ報告に向かったというのなら、それは蘭華が三日も眠りこけていたことの報告に違いない。

三日……一刻を争う聖女の仕事で、三日も穴を空けたのだ。

大目玉を食らうなぁと蘭華は暗澹たる気持ちになった。

それでも、さすがに帝御自らおでましになって叱責されることはないだろう。偉大なる永翔帝国の天子様が、一介の聖女の失態にわざわざ出向いてくるはずもない。

そんな風に思っていたのだが——。

「おお、大聖女蔡蘭華よ。無事に目を覚ましたか！」

「天子様!?」

蘭華は混乱したままで寝台の上に正座した。

まさか本当に九龍帝御自らやってくるとは夢にも思わなかった。表情にこそ出さなかったものの、内心では心臓がひっくり返るほど驚いている。

人々からは大聖女と呼ばれている蘭華だが、本人としては自分の能力で自分にできることを精一杯しているだけの、普通の聖女と思っている。

普通と思っているのだから、その心根は一般庶民と大差はない。

自分が偉いとも優れているとも思っていないし、帝と気軽に接するような大諸侯なわけでもない。

そりゃ確かに年に数回、帝に拝謁する機会こそある。けれどそれは、自分が国家医療院に勤めているからだと思っている。

そうした中で交わす言葉は帝からの労い（ねぎら）と、それに対する感謝の言葉だけ。

——ほら、どこからどう見ても人命救助を行っている聖女や聖人に対する、形式上の慰労でしょ？

そう思っている。

だからこそ、こんな三日も眠りこけてからの寝起きという状況で帝と直接対面するとは夢にも思わなかった。

これだけで、すでにとんでもない罰を受けてるような気分である。

「こっ、この度は……あの、なんと申しましょうか……私の不徳の致すところで……天子様にご足労いただくようなことと なり……そのぉ……」

しどろもどろな蘭華だが、帝がどうしてやってきたのか、その理由だけはハッキリとわかっている。

三日も眠りこけて仕事をサボったお叱りをするためであろう。

これはとんでもない叱責を受けるものだと覚悟を決めた蘭華は、必死に謝罪の言葉を口にしようとした。

それに対して九龍帝は「よい。楽にせよ」と、戦々恐々の蘭華の心境を知ってか知らずか、そんなことを言う。

しかし、楽にせよと言われても友人や知人と話をするように肩の力を抜けるわけもない。特に、お叱りの言葉を受けるであろう状況ならなおさらだ。

「それにしても大聖女蘭華よ、お主が倒れたと聞いたときは、さしもの儂も肝が冷えたぞ。大事無いか？」

「はっ……えっと、はい。問題ありません」

蘭華はそう答えたが、それは間違いない。

ただ、倒れる前の蘭華は、睡眠時間が一日三時間くらいだった。それも、三十分や一時間の仮眠を合計しての三時間である。他に休憩の時間はなく、食事は病室を移動する合間にちょこちょこ食べていただけ。

ほとんどの時間は、聖女の仕事に奔走していた。

そんな生活を、彼女は聖女になってからずっと続けている。

常識的に考えて、そんな生活を送っていれば蘭華でなくとも倒れそうだ。その働きぶりからも、民が「大聖女は自らの命を削って人々を癒やしている」などと噂するのも無理からぬこと。

だが彼女の場合、その奇跡のような癒やしの力は他者に施すだけでなく、自分自身にも効果がある。

言うなれば、常時ヒーリング効果が発動しているようなものだ。

そう。

世間で噂されているような、大聖女の癒やしの力は自身の生命力を削っているというのは見当外れの的外れだ。誰よりも何よりも怪我や病気に強いのは、蘭華自身に他ならない。

今回倒れたのは、結局のところ〝睡眠〟という人間ならば例外なく取らなければならない休息の時間を意図的に取っていなかったのが原因だ。

いくら常時ヒーリング効果が発動していると言っても、睡眠不足は病気や怪我ではない。限度を超えればパタッといってしまうのだ。

もっとも、眠って起きればすべて元通りに回復する。そこはやはり、癒やしの力の恩恵と言えるだろう。

「そうか、問題ないか……うぅむ、しかしな……」

しかし、その事実を帝は知らない。

いや、実際のところ蘭華自身もわかっていない。

さらに言えば、運の悪いことに九龍帝の耳にも、蘭華の癒やしの力は〝自身の生命力を削っている〟という噂が届いている。

「お主の癒やしの力は、この国の……いや、世界の宝だ。万が一のことがあってはならん」

故に九龍帝は、今もまだ蘭華は命を削って人々を癒やしていると思っている。

「いえ、そんな……おっ、恐れ多いことでございます……」

加えて、蘭華の態度も誤解を招くものだった。

自分みたいな庶民が帝と対面で話をするなんて恐れ多くてとんでもない——と、緊張しているだけなのだが、九龍帝はそう思っていない。謙遜しているのだろうと思っている。

帝としての威厳や立場もあって態度を崩すわけにもいかないが、九龍帝自身、大聖女蘭華とは対等の立場だと思っている。たまたま蘭華が自国民なだけであって、その奇跡の力は本当に世界の宝だと考えていた。

王である自分よりも、世界にとって必要不可欠なもの。

民のためにも世界のためにも、失ってはならない天からの贈り物。それが大聖女蘭華という存在だ。

だからこそ、無理をさせてはならない。

失うわけにはいかないのだ。

「大聖女蔡蘭華よ。其方（そなた）の働きぶりは儂の耳にも届いておる。長年に亘（わた）って我が国で尽力していたこともな。故に……どうであろうか、しばし骨を休めてみては」

その提案は働き詰めの蘭華を慮（おもんぱか）ったものではあるが、少なからず打算的な考えも含まれていた。

九龍帝は名君であり博愛の主上であるが、政治家でもある。時に、人を切り捨てねばならない状況があることもわかっている。

蘭華の癒やしの力が有限ならば、今後は使う相手を選ばねばならない。

医療院から身を引かせ、彼女の癒やしの力を授けるに相応しい人材を選別しなければならない。

だが、そんなことを直接蘭華に言ったところで、相手は癒やしの大聖女、病や怪我で苦しむ人々を選別するような真似はできないと言うに決まっている。

だからこそ医療院から遠ざけ、彼女が力を使う機会そのものを減らすべきだと結論づけた。たとえそれが、蘭華の意に沿わないものだとしても。

そんな考えからの提案である。

「そっ、それは……」

そんな九龍帝からの提案は、やはり蘭華の心情を大きく傷つけるものだった。

九龍帝が治癒すべき人の選別をするようなことを言い出したから――ではない。九龍帝の提案は、はっきりとした解雇通告に他ならないからだ。

何しろ蘭華は、自分の癒やしの力がどれほど貴重なものかを理解してない。地位や立場も一般庶民と変わらないものと考えている。

そんな自分が三日も仕事をサボってしまえば、解雇されるのも当然と言えば当然だ。

けれどやはり、いざそういう状況になってしまえば、蘭華の心の動揺はとても大きなものだった。

「は、はい……勅命のままに……」

かといって、異論や反論はできない。何しろ相手は、永翔帝国の帝である。いったい誰が、天子様のお言葉に異を唱えることができるというのか。

実際は蘭華の言葉なら九龍帝も聞き入れるかもしれないのだが、そんなことは知るよしもなく。

だから蘭華は、帝の言葉に異論や反論など一切行わずに受け入れた。

こうして、不幸なすれ違いの末に大聖女蘭華は国家医療院を去ることになったのである。

＊　＊　＊

大聖女蘭華が国家医療院から去る。理由としては、体調不良による療養のためだ。

大聖女蘭華の治癒能力は自身の生命力を引き換えに行使されているものであり、これまでのように癒やしの力を使わせれば命の危険もある。

九龍帝曰く、「大聖女の力によって救われた我々が、今度は大聖女を救うのだ」と表明し、大聖女の癒やしの力に以下の制限を設けたのだ。

一つ。人々は許可なく大聖女蘭華に癒やしの力を求めてはならない。

一つ。大聖女蘭華は、独断で癒やしの力を行使してはならない。

一つ。もし使用する場合には、第三者による承諾を得なければならない。

これに伴い、大聖女の力を使用するか否かを決める〝大聖女機関〟が発足され、蘭華自身が帝都を離れて療養することも合わせて発表された。

医療院を離れる蘭華がどこで療養するのか――という情報は、大聖女の安全を考慮し、秘匿されることとなった。

その話題もまた、またたく間に市井に広まった。

当初は「大聖女の力を道具のように管理するつもりか」との反発も少なからずあったようだが、ことは大聖女の命を守るためであり、大聖女自身も提案を受け入れたとのことから、そんな批判もすぐに下火となった。

そして、当の大聖女蘭華はというと――。

「はあぁぁぁぁ～……」

揺れる客船の中、何度目になるかわからない深いため息を吐いていた。

今、彼女は帝都を離れ、帝家の直轄領である鳳珠島へ向かっているところだった。

そこが今後、蘭華の過ごす場所となる。

世間には〝療養のため〟と説明されて秘匿された療養地――鳳珠島への渡航だが、当の蘭華はまったくそんな風には思っていなかった。

「これがいわゆる島流しというものなのね……」

客室の寝台の上で五体投地のように身を投げ出して、枕に顔を埋めながらそんな風にぼやく。

今まさに口に出した言葉が、蘭華自身が認知している自分の置かれた現状だ。そう思っている。

「いやこれ、本当に島流しなんですか？」

そんな蘭華に疑問を投げかけたのは、長年蘭華の侍女をしている漣綺晶だった。侍女、と言っても蘭華と歳が近いこともあり、今では主従の関係を越えた友人としての付き合いがある。

今回の一件に関しても、蘭華が鳳珠島へ行くことになった際、二つ返事で一緒に行くことを決断してくれた。

逆を言えば、即決で付いていくことにしたので、鳳珠島に行くことになった詳しい理由は蘭華の口からしか聞いていない。

曰く、「仕事中に三日も眠りこけて天子様の怒りを買い、聖女の資格を剥奪された上に島流しになった」というのだ。

その話を聞いて、綺晶は「そんな馬鹿な」と思ったが、実際に船上の人になっている状況を思うと、まったくのデタラメというわけでもない――と考えを改めざるを得なかった。

ただ、鳳珠島への渡航費用は国が出してくれているし、乗船した定期船もごくごく普通の船だ。用意された部屋もちゃんとした客室である。

とても流刑に処された罪人への待遇ではない。

そして何より——。

「島には蘭華様のためにお屋敷を用意してくださってるんでしょう？　島流しにされるような罪人に、そんなことするかしら？」

「でもでも、私に癒やしの力を勝手に使うなって天子様がおっしゃったのよ。挙げ句、医療院から追い出して鳳珠島へ行くようにって……天子様はよっぽどお怒りなんだと思うわ」

「う、うーん……？」

どうやら蘭華の中では、癒やしの力の使用禁止が何よりも重い罰で、それに付随したアレやコレやなどは、普通ならご褒美に思えるようなことでもネガティブに捉えてしまっているようだ。

昔から蘭華にはそういうところがあった。

それを綺晶は知っている。

彼女にとって人々を癒やすことは、普通の人が食事をしたり呼吸をするようなものなのだ。日常の一部になっている。

それならば、癒やしの力の使用禁止は、他の人にとって食事抜きや水攻めで息ができないようなものなのかもしれない。

確かにそれは苦しい罰だろう。

ただ、蘭華は人々の治療で一生懸命になればなるほど、我が身を顧みずに没頭するところがある。

今回の鳳珠島へ移動する理由にもなった〝三日間も眠りこけた〟にしても、睡眠時間を削りに削り続けた結果、ぷっつりと意識が切れたに違いない。だから綺晶は「適度に休め」と事あるごとに言い続けていたのだ。

そんなこともあって、今回、本当の理由はわからずとも蘭華が大聖女の責務から解かれ、〝癒やしの力を許可なく使わないように〟と勅命が下ったのは良いことだと思っている。

「ともかく、蘭華様はこれまで数々の人を救ってこられたんだし、そろそろ別のことに目を向けてもいいんじゃないですか？」

「別のことって？」

「例えば……恋、とか？」

「……ぷっ、あははははっ！」

綺晶の言葉に、一瞬きょとんとした表情を見せた蘭華は、直後、お腹(なか)を抱えて大笑いした。

「ないない、ないわよ綺晶！　私が恋だなんて、そんなの無理に決まってるじゃない！」

「え、どうして？」

「だって私、癒やしの力くらいしか取り柄がないもの。そんな私を見初めてくれる殿方がいると思う？」

その癒やしの力が凄まじいのだが、どうにも蘭華はそのことを正しく理解してない。むしろ、その癒やしの力を求めて国中の――いや、世界中の男性が彼女を求めに来てもおかしくないだろう。

もっとも、綺晶としてはそんな下心で蘭華に近づくような輩は、頑として排除したいところなのだが。

「じゃあ逆に、蘭華様が気になる男性とかはいなかったんですか？」

「んー……そもそも私、そういう出会いの場がなかったから」

「医療院での出会いは？　聖人の方や患者さんとか、いろいろあったでしょ」

「何言ってるのよ。医療院は仕事場よ？　人々を癒やすのに必死で、聖人の方々をそんな目で見たことは一度もないわ。患者さんも同じ。怪我や病気で苦しんでいる人の容姿をいちいち確認したりしないわよ」

そんな蘭華の言葉に、綺晶は「こりゃダメだ」と内心で肩をすくめた。言ってることは正しいのだが、そういうことを言いたいのではない。

今回を機に、蘭華のそういう意識も良い方向へ改善されてほしいと祈る綺晶だった。

そうこうしていると、客室の外からガランガランと鐘の音が聞こえてきた。もうすぐ鳳珠島へ到着するという合図だ。

「あ、蘭華様、そろそろ到着ですよ。いつまでも寝台に寝転がってないで、下船の準備をしてください」

「あなたが話を振ってきたんじゃないのよー」

テキパキと下船の準備を始める綺晶に、蘭華は口をむぅっと突き出しながら、ノロノロと寝台の上に起き上がった。

＊　＊　＊

「お待ちしておりました、大聖女様」

蘭華と綺晶が揃って下船すると、武官着に身を包んだ赤毛の美丈夫がすぐさま声をかけてきた。

「俺は大聖女機関から派遣された劉玲峰(りゅうれいほう)と言います。今後、この島で生活を送る大聖女様の護衛を兼ねて、御側に仕えさせていただきます。よろしくお願いします」

拱手で礼をする玲峰に、蘭華からの返事はない。

「……？　蘭華様？」

おや？　と思って綺晶が声をかけると、蘭華は大げさなくらい全身をビクッと震えさせた。

「はいっ!?　あっ、あっそのっ、ごっ、ごめんなさい！　えっと、なんでしたっけ……あっ、機関から！　あぁ、そうですか。よく私が蘭華だとお分かりになりましたね」

今の蘭華は、大聖女だとバレないように目深にフードをかぶって顔を隠している。服装も、聖女の礼服ではなくどこにでもあるような町娘の格好だ。

よくよく見ればバレるかもしれないが、すれ違う程度のパッと見では、彼女が大聖女だとはわからないはずなのだが。

「お顔を隠されていても、御髪を見ればすぐにわかります。大聖女様の綺麗な御髪は他に類を見ませんからね」

「きっ、きれ――っ!?」

玲峰の言葉に、まるでひきつけでも起こしたように蘭華が言葉をつまらせた。顔はわからずとも、見えている手は指の先までほんのり赤い。

（おやおや、これは……）

そんな蘭華の態度に、綺晶はピンときた。

これはもしや、まさかひょっとするかもしれない。

だとすれば侍女として、友人として、綺晶がしなければならないことはただ一つ。

玲峰なるこの武官が、果たして癒やしの大聖女に相応しい殿方であるかどうかを見定めることだ。

「玲峰様、わざわざのお出迎え、誠にありがとうございます」

なにはともあれ、今の蘭華では玲峰を相手にまともな受け答えはできそうにない。

横からスッと綺晶が進み出た。

「わたくし、蘭華様の側仕えをしております侍女の漣綺晶と申します」

「ああ、あなたが……」

蘭華に代わって綺晶が挨拶をすれば、玲峰はどこか驚きと納得の表情を浮かべてみせた。

「貴女（あなた）のことも、聞き及んでいます。お目にかかれて光栄だ」

「……どんな話が玲峰様のお耳に届いているのか、甚だ興味がありますけれど――」

こほん、と咳払（せきばら）いをひとつ。余計な話は必要ないとばかりに、綺晶は話の軌道を元に戻した。

「玲峰様は蘭華様の護衛ということで……今後、昼夜を問わず蘭華様の御側にいらっしゃる——という認識でよろしいですか？」

「様付けなんて結構ですよ。俺のことは呼び捨てでもかまいません」

朗らかにそう言いながら、玲峰は綺晶の問いかけに「ええ、そうです」と頷いた。

「さすがに大聖女様と一緒の家で寝泊まりするわけにはいきませんが、ご用意している屋敷には離れもあります。俺は基本そこに詰めていますので、夜間でも何かあった場合はすぐに駆けつけますよ」

「まぁ、それは頼もしい限りです。ね、蘭華様」

「えっ？　あっ、ええ……そっ、そうね、頼もしいわ」

綺晶の言葉に、少し遅れて反応する蘭華。その理由が、玲峰に見惚れていたからだと綺晶は気づいている。

これはいよいよ、信憑性が増してきた。

「それでは、どうぞこちらへ。馬車を用意してあります」

そう言って誘う玲峰は、さり気なく蘭華と綺晶の荷物を持ってくれた。主だけでなく、侍女の荷物まで持ってくれるというのは珍しい。特に武官というのはプライドが高く、武張った言動が目立つタイプが多いものなのだ。

しかし玲峰は、どうもそういう輩と少し違うらしい。

これには綺晶も好印象である。

第一印象からここまでは合格だ。あとは、独自に劉玲峰なる武官の来歴を調べてみてもいいだろう。

「……どうかされたんですか、蘭華様」

そうなると、やはりハッキリさせておきたいのは蘭華の気持ちである。

しかし、だからといってバカ正直に「一目惚れでもしました？」などと聞いてはいけない。二人きりの時ならともかく、玲峰の前で聞けば必ず否定される。

なので。

「なんだかぼーっとしてましたけど、あの武官様の態度で何か気になることでも？」

まずは遠回しに、それとなく探りを入れることにした。

「えっ？　そっ、そんなことないわよ!?」

「そうですか？　わたくしには見惚れ——コホン、睨んでいたように見えましたけれど。玲峰さんは派遣されただけですし、もし気に障るようでしたら大聖女機関へ連絡し、交代していただくことも——」

「だっ、駄目！　それは駄目！　あの武官様でいいから、問題ないから！」

過剰なまでに反対する蘭華の態度で、綺晶は確信を持った。

（これが初恋というものなのね……初々しいわぁ）

ちょっとからかいたくなる気持ちもなくはないが、大切な主の初恋である。茶化すような真似はやめておこう。

なんであれ、蘭華の気持ちが確認できたのだから、綺晶としては成就することを祈るばかりだ。

それと、ほんの少しの手助けをすることも吝かではない。

「どうかされましたか？　駄目とかなんとか聞こえたんですが……」

綺晶が密かな決意を胸の中で固めていると、そこへもう一人の当事者——玲峰が不思議そうに声をかけてきた。

「いえ、なんでもありません。ああ、そうだ。玲峰さんは、この島のことについてお詳しいですか？」

「ええ。もともと俺は、この島の出身ですから」

「まぁ、それは頼もしいですね。移動がてら、島の特産とか名物とか、是非とも教えていただきたいですわ。ねっ、蘭華様」

「それって一緒の馬車に乗るってことじゃ……」

「あら、玲峰さんと一緒の馬車に乗るのはお嫌なの？」

「えっ？　そんな別に、嫌ってわけじゃないけど——」

「じゃあ、いいってことですね。玲峰さん、お願いします」

綺晶は何か言いたげな蘭華の言葉を遮り、玲峰も一緒に馬車へと乗り込んだ。

蘭華と綺晶が並んで座り、対面には玲峰が一人。それだけで隣の蘭華からは妙な緊張感が漂ってくるが、なんの会話もなく、モジモジされても話は進まない。

「この島で生活していく上で、注意することや気をつける場所とかはあるのでしょうか？」

もともと玲峰を馬車に同乗させるための方便ではあったが、蘭華の侍女として、彼女の健康や食事の面をサポートするためにも島の情報は仕入れておきたい。

改めて綺晶が聞いてみると、玲峰は「そうですね……」としばし悩んだ末に、妙なことを言い出した。

「何もないんです」

「何もない……ですか？」

それは、この島で生活していく上で注意することや気をつけることは何もない——という意味ではなさそうだ。

「もちろん、この島にも近寄っていただきたくない場所というのはあります。山の方とか麓の山林とかですね。あやかしの類いが出るとかで、木々が鬱蒼と茂っていて地元民でも迷う場所ですから。でも、お二人はそういう所なんて言われずとも行かれないでしょう？」

確かに、蘭華も綺晶も向こう見ずでもなければ野生児でもない。よっぽどの、それこそ誰かの生死が関わっているような緊急事態でもなければ、好んで険しい自然の中に飛び込もうとは思わないだろう。

「それ以外だと、この島には何もないんです」

「それだけ街の治安が良い――ということですか？」

「うーん……治安が良い、というよりも悪さを企てる元気がない――ですかね」

どういうことだろう――と二人が首を傾げれば、玲峰は「この島は老人の島なんですよ」との言葉が返ってきた。

「老人の島……ですか？」

「ええ。この島は帝家の直轄領ですが、そもそも『何故、直轄領になっているのか？』と疑問に思いませんか？」

「ええと……」

「帝家にとって政治的や経済的に重要な場所が直轄領になるのですよね。臣下に分け与えるのではなく、自分で統治することで利点がある場所です」

言葉を詰まらせる蘭華に代わり、綺晶が答えた。

それは確かにそのとおりで、帝家の直轄領は他にも何ヶ所か存在している。

「綺晶さんは博識ですね。直轄領とは実にそのとおりの場所です。けど、この島は逆なんですよ」

「逆……と、言いますと？」

「鳳珠島は価値の低い島なんです」

玲峰が言うには、鳳珠島には本当に何もないらしい。

貴重な鉱石が取れるわけでも、豊富な資源が眠っているわけでもない。土地も痩せ気味なのか、あるいは山林に栄養が取られているのか、作物の生育もそこまで良くはなかった。

それならば外洋進出する際の拠点港に使えないかと考えそうなものだが、残念ながら永翔帝国には外洋船を造るだけの技術はなかった。また、仮にそれだけの船が造れても、鳳珠島の大きさでは巨大船舶が寄港できる港は造れない。

そんな経済的な視点から見て利点のない鳳珠島だが、政治的な面ではどうかというと、これも芳しくない。

永翔帝国に外洋進出できるような大型船の建造技術はないが、世界的に見ると違う。その手の技術を持っている国はあるのだ。

大海洋を挟んだ彼方（かなた）の大陸にある海洋国家、ジュラウフェンなる国家がそれだ。

そんな海洋国家が色気を出して大海洋を渡り、海から永翔帝国に攻め込んでくる可能性もゼロとは言えない。その際、国本土の沖合にある鳳珠島を防衛拠点として使えるのでは——との考え方もなくはないが、あまり現実的ではなかった。

鳳珠島は、一見すると要塞化するに適した地形をしている。島の中心部は外輪山で囲まれており、砂浜も一ヶ所しかない。攻めるに難く、守るに適した地形だ。

だが、本土からは客船で一日半はかかるほど遠い。おまけに周囲は航行しやすい穏やかな海域となっている。

もし、鳳珠島をガチガチの防御要塞にしたとしても、敵にしてみればそんな面倒なところは回避するだろう。離れた航路から永翔帝国に近づくことだってできる。

そもそも、ジュラウフェンが持つ外洋船団は、片道で約百日を費やして年に一度か二度、永翔帝国にやってくるのだ。

その目的は、貿易の商売相手としてである。

問題なのはその日数で、ジュラウフェンとしても片道百日もかかる異国の地を征服したところで、その後の統治はどうするのか——という問題になるだろう。下手をすれば、征服しても後に反旗を翻し、第二の永翔帝国が誕生するかもしれない。

遠く離れた地ならば、確実にそうなる。

それならば、貿易相手として商売をした方が利益になるし、無駄な血を流さなくて済む。

ただ、残念ながらその〝貿易相手〟の中に鳳珠島は含まれていなかった。帝国本土へ行く前に、立ち寄ることもない。

何故ならば、そんな外洋船が寄港できるほどの港がないから——である。

「そういうわけで、この島は利点がほとんどないんです」

「いずれかの諸侯に貸し与える——ということもしなかったんですか？」

帝国において、すべての土地は原則として帝のものである。

しかし、広大な土地を帝家だけで統治するのは現実的ではない。目が届かなくなる場所がどうしても出てしまうからだ。

そこで帝家は、目覚ましい活躍を見せた臣下に報奨として土地を貸し与え、十分な地位と名誉を与えるのが習わしとなっている。

地位と名誉を与えられた諸侯は、貸し与えられた土地をさらに民に貸し与え、畑や工房などの産業を興させて生活させる。その見返りとして、税を徴収する。その税金が国全体を動かす資金となるわけだ。

鳳珠島もそのような流れに組み込むためにも、どこぞの諸侯に与えれば良かったのではないか——と、綺晶は言う。

「利点の少ない島を与えられて、褒美と思う諸侯がいると思います？」

「あー……」

確かに、国のために目覚ましい活躍をして、その報奨で与えられた領地が価値の低い孤島だったらどう思うだろう。

少なくとも不満は出る。

綺晶も我が身に置き換えて考えてみたが、間違いなくなんかの嫌がらせだと感じた。

「かと言って、『じゃあいらない』と自国領土を手放す治世者はいません。むしろ、何かしらの理由を付けて自国民を住まわせておかなければ、他国に奪われかねないことになりますからね」

永翔帝国では価値の低い鳳珠島だが、他国にしてみればそうではないかもしれない。

もし仮に、他国が鳳珠島を占拠したとしよう。

その国が野心を持ち、永翔帝国に侵攻を企てたのなら、鳳珠島は喉先に突きつけられた剣のように危険な拠点となってしまう。

永翔帝国にとっては防衛拠点として使いにくい立地だとしても、他国が永翔帝国を攻め込む際の軍事拠点にするならば話は別だ。価値が出る。

そういう理由もあって、鳳珠島は永翔帝国にとって極めて厄介な島なのだ。

「そこで帝家は、鳳珠島を保養地にしたんです」

「保養地ですか？」

「そうです。それも、有力者が第二の人生を送る保養地です」

当初は収容所――監獄島として使う案もあったらしい。

しかし、囚人のために海上輸送する食料等の運搬費用は、決して安いものではなかった。

罪人のためにそこまでするのか？　と否定的意見も出た。

そこで方針を転換し、鳳珠島を保養地にする代案が出たのである。

鳳珠島は農作や畜産にこそ向かない島だが、気候風土はそこまで悪くない。物資の輸送に費用はかかるが、保養地として日常とは違う特別な場所ということにすれば、割高になってもそこまで不満は出ないだろう。

その上で、国は鳳珠島に永住する者には一部の税金を免除することにしたのである。

結果、鳳珠島は家督を息子に譲った引退諸侯が余生を過ごす場所として選ばれ、今の形に収まったのだった。

「なので、この島の住民は三割ほどが家督を譲って隠居し、自由になった元諸侯です。残り五割から六割ほどは、その元諸侯の護衛であったり世話人であったり、あるいは公共施設を運用している役人とかですね」

「なるほど。ですが、それですと諸侯間の争いというのが起きてしまうのでは？」

諸侯と言っても、そこには上下関係もあるし、険悪な仲もある。

権力争いとまでは言わないが、地位による軋轢（あつれき）があるのでは？　と、綺晶は感じたのだ。

「基本的に、この島でそういう争いはご法度です」

　そんな綺晶の疑問に、玲峰は首を横に振る。

「ある程度の自治権は認められていますが、ここは帝家の直轄領ですよ。天子様のお膝元で騒ぎを起こせば、ただでは済みません。隠居していても、家名に傷が付くのは避けられないでしょう。そもそも、そんな諸侯はこの島に来ないですよ。そういう権謀術数に費やす人生に嫌気が差して、この島に来ているんでしょうからね」

「それでは隠居された諸侯の方々は、何もせずにのんびりとした日々を過ごされているわけですか？」

「それが、そうでもないんです」

　玲峰は、綺晶の予想に反して首を横に振った。

「この島に永住し、生活をしていくうちに、皆、気づくんですよ。足りないものは自分たちで賄わなければならない――と」

「ほ？」

　思わず変な声が出てしまった綺晶だったが、よくよく話を聞いてみれば「なるほど」と納得するものがあった。

　鳳珠島は痩せた大地で、作物の栽培にあまり向いてない。まったく育たないわけではないが、専属の農家が島民すべての胃袋を満たすほどの食料を育てるのは難しい。

ている。

そのため鳳珠島での食料は、基本的に週に一度、貨物船で運ばれてくるようになっている。

ただ、今の時代に船の輸送で運べる量はたかが知れている。

そうなると、一家に回る食料——特に酒などの嗜好品は、割り当てられる上限がおのずと決まってしまうのだ。

もともと諸侯という立場だったご隠居が、限られた量で満足するだろうか？

残念ながら、否である。

かといって、わがままを通すにもここは帝家直轄領。迂闊な態度を取れば自分の立場どころか一族にも迷惑がかかる。

すると、ほとんどのご隠居は「自分たちでなんとかしよう」と行動するようになったのだ。

あるご隠居は、せめて自分の分だけでも——と、畑を耕し始めた。

また他のご隠居は、釣り竿を持って自ら漁のようなことを始めた。

その他にも、学者を呼んで土壌改良を進めたり、山林の木材で商品を作って独自に本土との取引を始めてみたり——。

ある種、自給自足の生活を始めて、少しでも豊かになろうとしたのである。老いてなお、第二の人生に目覚めたのだ。

「欲を原動力に、そこまでしますか……」

綺晶は呆れるとともに、少し感心した。

もしかするとご隠居の自給自足活動は、帝家が目論んだものかもしれないと思ったからだ。

仮に鳳珠島を土壌から整備し、島内で食料がすべて賄えるような環境整備をしたとしよう。その場合、それはそれで莫大な費用がかかってしまう。

その上、現状で島民が何人なのかわからないが、今よりもより一層、島民の数を抑える必要があったかもしれない。

けれど、島での生活にある程度の不便さを残すことで、移住したご隠居が自発的に島内開発を進めてくれるようになった。

一部税金を免除し、国にとって多少の収入減になったかもしれないが、もしこれで鳳珠島の土地改良が進んで島内環境がよくなれば、欠点より利点の方が大きくなる。

そうなることを帝家が当初から目論んでいたのだとすれば、なかなかどうして、したたかだ。

「……この島出身の俺としては、どんな理由であれ、住みやすくなるのなら歓迎ですけどね……」

「住みやすく――と、そう仰るということは……」

　ぽつりとこぼした玲峰の言葉に、これまで聞き役に徹していた蘭華が不意にそんな事を言いだした。

「今、この島は住みにくい、ということですか？」

「え？　あ、いえ、そんなことはありません」

　玲峰が思わず漏らした言葉は本音だったのか、慌てた様子で自分の言葉を否定した。

「確かに帝都ほど豊かであったり便利であったりはしませんが、普通の生活を送る上では問題ありませんよ。何より、大聖女様にご不便を強いるようなことは致しませんので、ご安心ください」

「いえ、私のことは――」

　するとその時、馬車が止まり馭者台からコンッと一回ノックがあった。到着したことを告げる合図だ。

「あ、到着したようですね」

　停車した馬車から先に玲峰が降り、続いて綺晶、最後に蘭華が下車した。そして、目の前にある建物を見て、目を丸くした。

　奇抜な――あまりにも奇抜で、少なくとも永翔帝国の帝都では見たことのない建物だった。

　屋敷自体は塼や墼といった煉瓦が使われている。木材住居が一般的な帝都では、宮殿などでしか見られない材料だ。

加えて、建物自体の造りも奇抜だった。

非対称建築で、正面から見て左手側には突き出た建物が付いている。おそらく塔か何かだろうが、その使用目的がよくわからない。

おまけに窓もおかしい。ひとつひとつが大きいのだ。そこから出入りもできそうなほどに。

これは確か——と、蘭華は記憶の糸を辿る。ジュラウフェンの外洋船団が持ってきた西域の風景画で見たことがある。

石材を組んで家屋を造る技術は永翔帝国にもあるが、この組み上げ方は西域の建築様式だ。それがよもや、帝都の——それも本土から離れた保養地にあるとは夢にも思わなかった。

庭の方に目を向ければ、これもまた豪華に過ぎる。

門から屋敷までは、これまた石材で舗装された道で繋がり、杉のような針葉樹が左右に等間隔で並んでいる。木々の合間から見える庭は色とりどりの花々が咲き乱れ、さながら花庭園のようだ。この島の土壌は痩せていたんじゃなかったのかと、首を傾げたくなるほど立派だった。

そんな庭園の様子も、永翔帝国の様式ではない。西域諸国のものだ。

そんな屋敷の外観に圧倒されたまま案内された内部は、やはり永翔帝国とは違う。西域諸国で見られる拵えになっており、これまた庶民派の蘭華の度肝を抜くようなものであった。

二階まで吹き抜けになっている入り口には、きらびやかな硝子細工を幾重にも組み合わせた灯台が吊されている。そのまま二階に上がれる大階段もある。

至るところにさり気なく飾られた調度品は、帝国美術だけでなく、西域産と思わしき彫像なども飾られていた。

いったい誰が用意したものなのかわからない。わからないが、安物ではないことだけは間違いなさそうだ。

そんな大階段の右手側は無駄に広くて何もない部屋があり、左手側を見ればいったい何人呼べるだろうと数えずにはいられないほど広い食堂があった。

パッと見ただけでわかる部屋はそのくらいだが、二階にある部屋は寝室だけでないことは間違いない。たぶん、庶民の家には必要ないであろう小部屋がいくつもあることだろう。

いったい誰が、わざわざ西域諸国の建築様式で屋敷を造ったのか。伊達や酔狂にしても、かかる費用や手間が膨大すぎる。模倣するにも、ちゃんと知識と技術を持つ西域の職人を連れてこなければならないのだから。

「こちらが大聖女様に天子様がご用意された屋敷になります」

「天子様かぁ～っ！」

玲峰の一言で謎はすべて解けた。

伝え聞く話だと、九龍帝は西域諸国の文化や技術に興味があるらしい。それは別に自国の文化や技術を蔑ろにしているわけではなく、他国の文化や技術を取り入れることで永翔帝国をより発展させたいと考えているからだ。

故に、この西域様式の屋敷なのだろう。

単に己の趣味で造ったのではなく、西域の建築物が自国の建築物と比べてどれほどのものか、実験も兼ねているに違いない。

だからといって、適当に造ったわけでもないことは一目瞭然だ。

おそらくこの屋敷は、鳳珠島における九龍帝の邸宅なのだ。西域諸国の暮らしぶりを自ら体験することで、自国にはない〝気づき〟を得ようとしたのだろう。

けれど蘭華は「それをそのまま貸してくださるのはどうなの？」と率直に思った。

庶民派大聖女にしてみれば、こんな異国情緒あふれる立派なお屋敷に住むなんて御免被りたい。心安らぐどころか、四六時中緊張しっぱなしで肩が凝りそうだ。

「あっ、あの玲峰さん！　天子様が使われるようなお屋敷なんて、私には分不相応です！　できれば、そのぉ～……もっと別の所に……」

「別の所ですか？　しかし、これ以上の屋敷となると……この島にはちょっと」

「えっ!?」

何故、上の等級で考えるのか。ぐぐっと下方修正していただきたい。蘭華は切実にそう思った。

もっと普通の家でいいのだ。いっそのこと、土壁で拵えた借家のような簡素な場所でもかまわないのだから。

そう言いたかったのだが――。

「それに、大聖女様の護衛計画はこちらの屋敷を元に組んでまして……今から場所を変えるとなると、ご不便をおかけしてしまうことにもなります」

玲峰にそんなことを言われて、思わず口を閉ざしてしまう。

自分が不便な目に遭うのは別に構わないのだが、それで玲峰に迷惑をかけてしまうことは心苦しい。

「蘭華様」

するとそこへ、綺晶が満面の笑みを浮かべて肩に手をおいてきた。

「この邸宅は帝家のものと言うじゃありませんか。それを断れば、天子様の顔に泥を塗るようなものですよ」

「あなたそれ、自分が西域様式のお屋敷で暮らしてみたいから言ってない!?」

口では窘める(たしな)ようなことを言う綺晶だが、長い付き合いである、その表情に別の意図があることはひと目でわかった。

「そもそも、こんな広い邸宅の手入れは、あなたの仕事になるんだからね？」

「あ、それは大丈夫です」

蘭華の指摘を、玲峰があっさり否定する。

「屋敷には身元のはっきりした近侍や侍女がいますから。綺晶さんのことは事前に聞いておりましたので、従来どおり、大聖女様直属の侍女として務めていただくだけで大丈夫です」

玲峰に言われて、それもそうかと納得してしまう蘭華。こんな大きなお屋敷ならば、相当数の使用人がいて然る(しか)べきだ。

さらに言えば、そんな専属の使用人は今回のために集められた人たちかもしれない。

もしここで、蘭華が〝屋敷を使わない〟という選択をすれば、彼ら彼女らの仕事もなくなってしまう。

しかしそれでも、自分は天子様が過ごされるようなお屋敷で生活するような立場にはない――などと、蘭華は自己評価の低さからか、抵抗感を拭えずにいる。

そうやって煩悶(はんもん)していると、綺晶がちょいちょいと肩をつつき、耳元に口を寄せてきた。

「あまりワガママを仰ると、玲峰さんに嫌われますよ」

「へっ!?」

途端に蘭華の頬に赤みが差した。

「なっ、なんでそこで――ッ!」

「やはり、お気に召しませんか?」

滅多なことを言う綺晶に勢い任せで反論しようとした矢先、どこか困惑気味な玲峰とばっちり目が合ってしまった。

「もし、どうしてもと仰るなら別の場所を探しますが……」

「……い、いえ」

そんな玲峰の表情を見てしまったら、もはや何も言えない。

「ここで……いいです……」

豪華な屋敷に対する引け目と、屋敷で働く使用人や玲峰の苦労を天秤にかければ、折れるべきは自分の方だ。蘭華はすべて受け入れるしかなかった。

「そうですか、ご納得いただけて何よりです。天子様からは『大聖女の判断で自由に改築して良い』とのお言葉を賜っていますので、もしご不便があれば、自由に変えてください」

フォローのつもりなのか、玲峰がそんなことを言ってくれる。

けれど蘭華としては「そういうことじゃないんだけどなぁ」と思いながらも、ありがとうございますと答えるしかなかった。

＊　＊　＊

「……なんか落ち着かないわ……」

　蘭華の部屋として割り当てられたのは、九龍帝の寝室として設えられた部屋だった。いちおう、蘭華用に内装は女性向けの落ち着いた雰囲気になっているが、そもそもの広さがどうにも性に合わない。

「この西域式の寝台の広さも……なんか、人をダメにする気がする……」

　寝台に飛び込み、ゴロンと寝転がってみれば、なんだかふわりと優しく体を支えてくれる。左右の広さも、二回くらい転がれそうだ。

　ここに一人で寝るのかと思えば、少し寂しさも覚える。

「ねぇ、綺晶。今晩は一緒に寝ない？」

「何を言ってるんですか。絶対に嫌です」

　間髪を容れずに拒否の態度を取られてしまった。

「強い決意を感じるんだけど!?」

「あのですね、お気づきになってないと思いますけど、蘭華様って寝相悪いんですよ？　いつだったか忘れましたけど、かなり昔に一緒に寝たことあったじゃないですか。その時、えらい目に遭ったんですから」

「え……私、何したの？」

「……世の中には、知らない方がいいこともございますので」

　にっこりと笑顔ながらも「これ以上の追及は許さない」と言わんばかりの迫力に、蘭華は気になるけれど追及することもできなかった。

「わたくしと致しましても、今日は本土から来たばかりですし、長旅後はゆっくり休みたいんです。蘭華様と違って、わたくしは明日からも仕事が続くんですからね」

「そうそう、そのことなんだけど」

　思い出した、とばかりに蘭華が寝台から上体を起こした。

「私、この島でやることを決めたわ」

「え？」

　蘭華の言葉に、綺晶は「急にどうした？」と怪訝（けげん）な表情をしてみせた。

「船の中で話してたじゃない」

「ああ」

　確かに、船の中で「そろそろ別のことに目を向けてもいいんじゃないですか？」というようなことを言ったのは覚えている。

　それで「やることを決めた」というのであれば……ああ、そういうことかと綺晶は納得した。

「玲峰さんと添い遂げられるように、女を磨くんですか？　わたくしもそこまで詳しいわけじゃありませんけれど、できる限りの助言は――」

「ちょっ、何言ってるの!?」

　なんでこの話の流れで玲峰の名前が出て、しかも添い遂げるだのなんだのという話になるのか。

　そんなことを言いたかったわけではない蘭華は、真っ赤になって声を荒らげた。

「え？　だって船の中で、恋でもすればと進言しましたよね？」

「言っ……てたけど、なんでそこで玲峰さんの名前が出てくるの!?」

「この状況で、他に誰の名前を出せと言うんですか」

「んぐ……っ」

「あのですねぇ、蘭華様」

　まるで聞き分けのない小さな子供に言い聞かせるような優しい声音で語りかけながら、綺晶は蘭華のすぐ横に腰を下ろした。

「ここにはわたくしとあなたしかいませんから、ズバリお聞きしますけど……実際のところ、どうなの？」

「ど、どうって……」

「玲峰さんのこと、好きになっちゃったんですか？」

「すっ、好き……も、何も、まだあの人のこと何も知らないし……」

「じゃあ別に、はっきりさせなくてもいいですけど……気にはなるんでしょ？」

「う、うん……って、そういう話じゃありませんっ！」

ぐいぐい迫ってくる綺晶を、ウガーッと叫びださんばかりの勢いで押し返す蘭華。

とはいえ、ほとんど頷いたあとだったのでまったく意味はなかった。

「すっ、好きとか！　恋とか！　そういう話じゃなくて！　私がこの島でやることの話！」

「ですから、玲峰さんを——」

「彼のことは、今は忘れなさい！」

「わかったわかった、わかりました」

今にも（物理的に）噛みつかんばかりの蘭華に、綺晶も攻めすぎたかと反省して矛先を引っ込めた。

これ以上のツッコミは、本気で怒られそうだ。

「それで、何をやろうというんです？　念の為に言っておきますが、癒やしの力は使ってはいけないんですからね」

「わかってるわ。癒やしの力を使わずに、私は――」

蘭華は、ぐっと手に力を込めた。

「この島を住みやすく、豊かにする方法を探してみる！」

「……は？」

その言葉に、綺晶もどう言葉を返していいものか迷う。

力強く宣言した割には、なんとも具体性に欠けている。

「ええと、つまり……どういうことです？」

「ほら、玲峰さんも仰っていたでしょう？『住みやすくなるのなら歓迎ですけどね』って。その時は私の生活のことだと勘違いされていたようで、住みにくさについては否定していたけれど、島全体で見れば住みにくいのよね？」

「えー……まぁ、たぶん？」

「だから私、少しでもこの島に住む方々が住みやすくなるように、微力でもお手伝いしたいって思ったの！」

「ははぁ～……なるほど」

それはつまり、結局は惚れた男のために……ということじゃないかと思ったが、思っただけで口に出すのはやめておく綺晶だった。

実際、好きになった相手のために何かをしてあげたいと思う心理は、何も悪いものではない。珍しくもない。

そういう意味では、蘭華も規格外の癒やしの力を持っていても、心は普通の女性と変わらないようだ。

何より、綺晶自身も蘭華には大聖女として癒やしの力を使うだけではなく、もっと他のことにも目を向けてほしいと常々思っていた。

「わかりました。不肖、この漣綺晶、蘭華様のお心意気に少しでも添えるよう、出来得る限りの協力を致しましょう」

「本当!? ありがとう、綺晶。あなたが協力してくれるなら、とっても心強いわ！」

綺晶のことだから協力してくれるとは思っていたが、実際に協力を約束してくれて、蘭華はほころぶような笑顔を見せた。

こうして意中の男性に喜んでもらいたいという一心から、蘭華の鳳珠島生活改善計画は始まった。

それが、後の世に〝大聖女の祝福を受けた島〟と呼ばれるようになるとは、このとき、誰一人として夢にも思っていなかった。

「そして、玲峰さんのお心を是が非でも摑(つか)もうじゃありませんか」

「だから、なんでそういう話になるの!?」

第二話

大聖女と呪いの岩

「島での生活を住みやすく、豊かにしたいという心意気は立派だと思います。でも、具体的に何をどうなさるおつもりです？」

鳳珠島（ほうじゅとう）に来た翌日、朝食をとっている蘭華（らんか）に、給仕をしている綺晶（きしょう）が根本的なことを聞いてきた。

「まずはやっぱり、現状の確認が必要だと思うの」

綺晶の言葉に、蘭華は食事の手を止めて自分の考えを披露する。

「住みやすく、豊かにって言うからには、今は住みにくくて豊かじゃないってことでしょう？　その問題点の洗い出しをしなくちゃ、何をするべきかわからないわ」

「なるほど」

思ったよりもしっかり考えているようで、綺晶は少しホッとした。思いつきだけで突っ走られても困る。

「その問題点の洗い出しは、どうなさるおつもりです？」

「町に出てみて、住民の方々に話を聞いてみようと思ってるの。いろいろ話を聞いて、不便に思ってることや困ってることがあれば、そこが問題点ってことでしょう？」

「町へ行かれるんですか？　それは……大丈夫なんですか？」

「あら、失礼ね。子供じゃないんだから、町に行くくらいなら一人でできるわよ」

「さすがのわたくしでも、そんな心配はいたしておりません」

否定しておいて、しかし綺晶は「いやでもどうだろう？」と少し不安になった。

蘭華は大聖女と呼ばれるほど類い稀なる癒やしの力を持ってはいるが、それを除くと残念な部分しか残らない。

料理はできない、掃除は下手、着替えも時間がかかるし、方向音痴とまでは言わずとも道を覚えるのだって苦手だ。

初めての場所で一人にさせるには、どうしても不安が残る……と、そういうことだけでなく。

「蘭華様は島流しになったんですよね？　そんな人が、島内とはいえ勝手にふらふらと出歩いていいものなんでしょうか？」

「……えっ？」

思わず言葉をつまらせた蘭華だが、言われてみれば確かにそのとおりかも……と気がついた。

自分がどうしてこの島へ来たのか、その理由を今の今まで失念していたのである。

今、蘭華の側には玲峰という大聖女機関から派遣された武官がついている。

その役目は蘭華の護衛だが、それと同時に担う役目は、蘭華が癒やしの力を使わないように監視することでもある。

そう、今の蘭華は自分が持って生まれた能力さえ自由に使えないのだ。

であれば、ふらふらと出歩くことも制限されて当たり前……かもしれなかった。

「だ、ダメなのかしら……？」

「その判断はわたくしでは出来かねます……あ、ちょうどいい機会ですし、これを口実に玲峰さんに話しかければよろしいんじゃありませんか？」

「えっ!?」

蘭華は言葉をつまらせて、ほんのり頬を朱に染めた。

想い人（おもいびと）の名前を出されただけで照れるとは、なんて初々しい。

綺晶はそんな風に思ったが、反面、名前が出たくらいで照れていては、これから先が思いやられる……とも思った。

「わ、私から玲峰さんに……話しかけるの？」

「それはそうでしょう？」

「えー……でもぉ～……」

何やら蘭華がモジモジしてクネクネしている。さすがの綺晶でも、その様子にほんの少しだけイラッときた。

「いい大人が何を言ってるんですか！　ほら、さっさと行きますよ！」

「あっ、ちょっ……ご飯が！　まだ朝ご飯食べてる最中だから！」

必死の抵抗を試みるも、蘭華は綺晶に引きずられるようにして食堂から連れ出されたのだった。

＊　＊　＊

綺晶に引きずられるようにして屋敷の離れへ向かっていると、ちょうど離れから屋敷に向かってくる玲峰とばったり出くわした。

「ああ、大聖女様に綺晶さん。おはようございます」

「おはようございます、玲峰さん」

朗らかに挨拶をする玲峰に、綺晶は慎ましく頭を下げて応じる。

対して蘭華は照れている……かと思いきや、どこか不満でもありそうな、眉間に少し皺の寄った表情を浮かべている。

「どうしたんですか、蘭華様」

「……ずるいわ」

綺晶が問うと、蘭華がやや口を尖らせてそんなことを言う。

「綺晶は名前で呼ばれているのに、どうして私は肩書で呼ぶの?」

「…………」

真面目な顔をして心底どうでもいいようなことを言い出した蘭華に、綺晶はどうしたものかと胸の内でため息をついた。

しかし、そこは長年に亘って蘭華の世話をしてきた侍女である。

個人的には心底どうでもいいと思うが、蘭華にしてみれば想い人に肩書で呼ばれるのは、距離を取られているようで嫌なのかもしれない。

「……玲峰さん、蘭華様は特別扱いされることを好みませんので、ここはひとつ、大聖女という肩書ではなく名前で呼んであげてください」

「えっ? いや、それはしかし……」

綺晶の願い出に玲峰は大いに戸惑った。

彼は大聖女機関から派遣されたといっても、武官である。仕えるべき主君に忠誠と自らの名誉と誇りを剣に託して捧(ささ)げている。

当然、玲峰も〝武官〟を名乗るのだから主君である九龍(くーろん)帝に忠誠を誓い、剣を捧げて叙任されている。

そして、大聖女である蘭華は主君である九龍帝と同等の存在だ。気安く名前を呼ぶなどと、できるわけもない。

「玲峰さん」

呻吟していると、綺晶が妙に圧のある笑顔で呼びかけてきた。

「蘭華様からの申し出に、何か悩むことでも……？」

静かな声音と変わらぬ笑みで、けれど迂闊に逆らえない妙な圧のある綺晶に、これは絶対に異を唱えてはいけないやつだと理解した。

「え、えー……では、ら、蘭華様、と……」

「――ッ！」

玲峰が名前を口にした途端、蘭華はしおれた蕾が息を吹き返したかのように、ぱああああっと笑顔になった。

「あっ、あの！　私、親しい人からは名前の最初だけを取って〝ラーラー〟なんて呼ばれてましてっ！　できればそっちの方で――」

「いい加減にしなさい」

前のめりで詰め寄る蘭華に、綺晶はペシッと額を叩いてたしなめた。

「それよりも、玲峰さんに聞きたいことがあるのでしょう？」

「うっ……やっぱり私から話すの……？」

「当然でしょう。ほら」

トンッと背中を押され、前に進み出た蘭華だったが、玲峰とばっちり目が合うと

「あ……う、あぅー……」と、たちまち固まってしまった。

「えーと……？」

目の前で固まられてしまっては、玲峰としてもどうすればいいのかと困惑する。

困った顔で綺晶に目を向ければ、やれやれと言わんばかりに深い溜め息をついた。

「蘭華様が町の様子を自分の目で確かめてみたいと仰っておりまして。ただ、お立場もございますし、勝手に出歩く前に玲峰さんへお伺いを立てよう――ということになったのです」

「ああ、そういうことでしたか」

ひとまず納得の態度を見せた玲峰だったが、しかしすぐに「うーん……」と唸って腕を組んだ。

「やはり、難しいものなのでしょうか？」

玲峰の態度でおおよそを察した綺晶が問うてみると、玲峰は「そうですね……」と曖昧な態度を見せた。

「町へ行くことは問題ありません。だいせ……コホン、蘭華様は何も監禁されているわけではありませんから、自由に出歩いていただいて結構です」

「でしたら――」

「ただ……この島へお越しいただいた理由を考慮いたしますと、身分がバレてしまうのは避けてほしいところです」

「……なるほど」

玲峰の言葉には、綺晶も納得するところである。

どんな理由であれ、帝から〝帝都追放〟を言い渡された人物がフラフラと町中を歩いているのは、何かと問題がありそうだ。

「逆の言い方をすれば、蘭華様が出歩くためには大聖女であることがバレないように変装しろ——ということですか？」

「そうしていただけると、大変助かります」

「ということらしいですが……如何（いかが）なさいますか、蘭華様？」

と、綺晶に話を振られても蘭華はただ困惑するばかり。

「如何……って、変装するしかないってこと？　そりゃ、出歩くのに必要だって言うのならするけど……でも、どうすればいいの？」

「難しく考える必要はないんじゃありませんか？　要は蘭華様だとわからない格好をすればいいんですから……んー……」

綺晶は矯（た）めつ眇（すが）めつ蘭華の容姿を確認してみた。

白銀色の長い髪に、透き通るような白い肌。蘭華の第一印象を聞かれたら、間違いなく全員一致で「白」と答えるであろうその容姿は、おとぎ話に出てくる桃源郷の仙女のようだ。

しかし、それだけ強烈に〝白〟の印象を持たれているのだから、逆に〝色〟をつければ蘭華だとバレないのでは？　とも考えた。

「髪を短くして、黒く染めます？」

「絶対に嫌っ！」

蘭華からの予想外に強い反発に、長い付き合いのある綺晶でさえ面食らった。ここまで明確に〝拒否〟の態度を取るのも珍しい。

「どうしたんですか、蘭華様。あなた今まで見た目なんかさほども気にしたことがなかったじゃないですか」

「そ、そうだけど……」

言い淀む蘭華は、ちらっと玲峰を見たあと、綺晶の耳に口を近づけた。

「玲峰さんが……私の髪、綺麗って言ってくれたから切ったり染めたりはしたくないの……！」

「…………」

いろいろ言いたいことはあるものの、惚れた相手に良く見られたいという感情はわかる。

綺晶は、早々に蘭華の容姿を変える手段を手放した。

「そうなると、外出するのは難しいですね」

「うぅー……」

綺晶の言葉に、蘭華は唸るだけ。どうやら代案はないらしい。

仕方なく、今日の外出は中止することにした。

＊　＊　＊

思うように外出できない――という状況に、蘭華も大いに気落ちしているかと思えば、そうでもなかった。

「町に出られないなら、まずは屋敷の人たちに話を聞いてみるのもいいんじゃないかしら」

部屋へと戻り、開口一番にそんなことを言い出した。こういう常に前向きなところは、蘭華の美点だと綺晶は思う。

「屋敷で働いている人たちだって、この島の住民であることは間違いないでしょう？その人たちが感じている不便さを解消していくことも、ゆくゆくは島の生活を改善していくことに繋がるんじゃないかしら？」

「なるほど」

蘭華からの次善の策に、綺晶は少し思案する。

それだと島全体の改善から個人のお悩み解決になりそう——とは思ったが、それならそれで別にいいか、とも思う。

そもそも蘭華は、規格外の癒やしの力を持っているだけで中身は町娘と変わらない。いわば普通の女性である。

そんな娘が、島の構造改革を行おうとするのは、さすがに無茶だ。

それならまずは、手近な人たちの悩みや困りごとを聞いて解決していくのが、身の丈にあった考え方かもしれない。

「それは、いいかもしれませんね」

なので綺晶は、応援の意味も込めて頷いた。

「そういうわけで綺晶、まずは屋敷のどこから行くのがいいかしら？」

「あ、そこはわたくしに決めさせるんですね」

やはり、要所要所で詰めが甘い蘭華だった。

とはいえ、蘭華が聖女の仕事以外のことを自分で考え、決断して行動するだけでも大きな進歩だ。

それに、綺晶としても蘭華がなんの相談もせずに独り立ちしてしまうのは、少し寂しい。

「そうですね……蘭華様は立場的にこの屋敷の主人でもあります。そんな御方が誰彼構わず話しかけると、特に地位の低い者は緊張してしまうかもしれません」

「私なんかに緊張しなくても……って思うけど、屋敷の主人って言われると仕方ないのかなぁとも思うわね」

「なので、ここは家宰の柴詢（さいじゅん）さんから話を聞くのはどうでしょう」

「か、さい……の、柴詢さん……？」

「ちょっと？」

目を泳がせる蘭華に、冗談でしょう？　とばかりに綺晶は突っ込みを入れざるを得なかった。

「蘭華様……よもやとは思いますが、家宰がどういう役職の方なのかご存じない――ということはございませんよね？」

「知ってる。知ってるわよ？　あれよね、えーと……屋敷で働く人たちの中で、一番偉い人……？」

何故に疑問形なのか問い詰めたいところではあったが、蘭華の認識はそこまで盛大にハズレていないので黙っておいた。

家宰は単なる雑用係ではなく、屋敷や土地、財産、使用人の管理までを任された責任者である。屋敷内のことであれば主よりも詳しい。

「私、まだその……柴詢さん？　に、ご挨拶してなかったなぁって」

「昨日は、お屋敷に到着して早々に部屋へ引きこもりましたからね。船旅の疲れも勘案して、柴詢さんもご挨拶は遠慮されたようです」

「それはなんだか、悪いことをしちゃったわね……。今からでも挨拶しておかなくちゃダメよね」

「ですね」

綺晶に案内されて、蘭華は柴詢に挨拶も兼ねて話を聞くことになった。

家宰という立場なら、屋敷内に個室を与えられているはず。どこの部屋だろう——と思っていた蘭華だったが、どういうわけか外に連れ出された。

なんで外？　と疑問に思う暇もない。

綺晶の後を付いていけば、向かう先は屋敷の裏手。

「わぁ～！」

そんな屋敷裏の風景に、蘭華は意図せず感嘆の声をあげていた。

広がっていたのは緑の絨毯(じゅうたん)。見渡す限り——というほど広くはないが、それでも青々と茂る植物が立派に育っているように見えた。

どれも全部、食べられる野菜ばかりだ。

「柴詢さ～ん、いらっしゃいますか～？」

綺晶が呼びかけると、畑の一角で腰をかがめていた農作業着の若者が立ち上がった。

もしや彼が家宰の柴詢なのだろうかと、蘭華は判断にやや迷った。

家宰という立場から、てっきり白髪が似合う老齢の文官のような人物かと思っていたからだ。

ところが実際に呼ばれて現れたのは、農作業着を着込んだ、自分とそれほど歳も変わらなそうな若者である。

困惑するのも無理はない。

「これは綺晶殿、このようなところに……おや、大聖女蘭華様もご一緒とは。これは大変失礼を。お呼びつけくだされば、すぐに参じましたのに」

日よけの帽子を脱ぎながらお辞儀する柴詢の姿に、蘭華は若干気圧(けお)された。

思ったよりも大きい。

まっすぐ立ち上がられると、蘭華の視線は胸部くらいを見ることになる。

それに、帽子を脱いだことで気づいたが、彼は見た目通りの年齢ではないのかもしれない。

何故そう思ったのかと言えば、彼には普通の人とは違う、獣のような耳が付いていたからだ。

つまり、家宰の柴詢は虎人(こじん)か何かの亜人なのだろう。だとすれば、その寿命は普通の人より何倍も長い。

見た目通りの年齢でないことは、容易に予想できる。

「お初にお目にかかります。家宰の役職を仰せつかっている黎柴詢でございます。ご挨拶が遅れましたこと、大変失礼いたしました」

「いっ、いえっ、それは別に構わないです……けど……」

丁寧な物腰に、蘭華も思わず畏まってしまった。と同時に、やはりこの人が家宰の柴詢さんなのかと納得した。

だが、それはそれで新たな疑問が拭えない。

「あの……どうして家宰というお立場なのに、畑仕事をなさってたんですか？」

家宰といえば、屋敷全体に関わる作業を統括する管理職みたいなもの。自分で作業するというよりも、部下がちゃんと作業をしているのかを見守る立場である。実作業は庭師か農夫の仕事だろう。

それなのに、柴詢は作業着を着て実際に畑仕事をしていた。

蘭華でなくとも違和感しか覚えない。

「ああ、申し訳ございません。これは歴代の天子様から、何より重要であると仰せつかった役目でございまして……」

「歴代の天子様から仰せつかった役目……ですか？」

「ええ」

　柴詢は頷き、広がる畑に目を向けた。

「この島は、どういうわけか食料となる作物が上手く育たないのでございます。それを天子様は大層気にされておりました。蘭華様はご存じでしょうか？　我ら虎人は、別名〝森の民〟と呼ばれていることを」

　その話は蘭華も知っている。

　虎人は〝森の民〟とも呼ばれており、草木と話ができるらしい。

　話――といっても、草木を人間のように喋らせることができるのではなく、人でいう感情のようなものを読み取り、逆に草木にもこちらの思念を送って反応を得ることができるようだ。

　そんな意思の疎通ができるからなのか、虎人は蘭華のような只人よりも植物の育成が上手い。

「故に……でございましょう。植物との意思疎通ができる虎人に『この島に適した食材を育てよ』と命じられたのです。やはり、最低限の食料は島内で生産できた方が健全でございますから」

「歴代の天子様も島の食糧事情を憂慮されていたんですね」

「おや？　天子様も――ということは、蘭華様もこの島の食糧事情を気にされているので？」

「え？　ええ、まぁ……」

正確には、この島での生活が少しでも豊かになることなのだが、食糧事情の改善だって〝住みやすい生活〟に繋がることは間違いない。

ただ、そう思うことになった動機が動機だけに、真面目に取り組んでいる人を前に胸を張って「そうなんですよ！」とは言えず、曖昧な態度で濁すしかなかった。

「聞いただけの話ですが、この島の食料は基本的に本土から運ばれてくる量で賄っているとか。しかしそれだと、万が一の事態が起きた時に、島内で食料の奪い合いが起きかねません。ですから、私も島内で必要最低限の食料は生産できた方がいいんじゃないかと思っていました」

「まさしく、天子様もそのような事態になることを憂慮されておりました。さすがは大聖女蘭華様、天子様と同じようにこの島のことをお考えくださるとは、この柴詢、敬服いたします」

「いえいえそんな……」

大聖女として癒やしの力に感心されることには慣れているが、自分自身を褒められることに慣れていない蘭華は、ただただ恐縮するばかりである。

なんとも主従の関係が逆転しているように見えるが、気にしてはいけない。

「それで蘭華様、わたくしめに何か御用でしょうか？　天子様から食料となる作物の育成を賜っておりますが、優先させるべきは蘭華様の身の回りのお世話や、屋敷の管理を行うこと。何かあれば、ご遠慮なくお申し付けください」

「あ、ありがとうございます」

自分が柴詢に会いに来た理由は、この島での生活で困ってることや悩んでいることを聞き出して解決することだ。

そして、彼の抱える悩みは一目瞭然である。

何を言うべきかは、すぐに決まった。

「あの、ええっと……わっ、私も！　農作業のお手伝いをしたいなぁと思いまして！」

柴詢が鳳珠島での生活で感じている悩み――それは島内で栽培できる食料を確立すること。

であれば、その手伝いを蘭華が申し出るのは、ごくごく自然なことだった。

「なんと……蘭華様が農作業をなさるのですか⁉」

ただ、蘭華にとっては自然なことでも、他の人にしてみればあまりに唐突な申し出に聞こえたかもしれない。

それは、家宰の柴詢にとっても驚きを禁じえないものだった。

よもや屋敷の主人自ら農作業を行うなど、夢にも思うまい。逆に、どんな酔狂だと疑念を抱かれても仕方がないものだった。

「柴詢さん、ちょっとよろしいですか？」

そこへするりと口を挟んできたのは、蘭華の頼れる世話役、綺晶だった。

「……蘭華様は、勅命で癒やしの力を許可なく使用できません。とはいえ、蘭華様から癒やしの力を取り除けば、後に残るのはポンコ——こほん、普通の淑女と変わらぬただの人。何もせずに島で過ごせと言うのは、あまりにも酷というものじゃありませんか？」

「……確かに」

「そこで、持て余す時間を慰める趣味を見つけてはどうかと具申いたしまして。どうやら草木を慈しむ園芸作業に興味をもたれたようですし……ここはひとつ、ご協力いただけないでしょうか？」

半ば思いつきの説明であったが、あながち大きくズレたことは言っていない。

綺晶の話に、柴詢は「なるほど」と頷いた。

「……しかし、菜園の管理は天子様からの勅命でございます。中途半端な対応はいたしかねますが」

「その点はご心配なく。庭師や農夫に指示するように、蘭華様もこき使ってくださってかまいません。何かあれば、わたくしが対処いたしますから」

「ふむ……そこまで仰るのであれば、否応もありますまい」

片や屋敷の主でもある大聖女の片腕とも言うべき長年付き添った侍女。

片や近侍や侍女といった使用人たちを束ねる家宰。

この屋敷内において序列の頂点に立つ二人の、主の意に沿うべくかわされた密談は、本人の耳に届くことなく締結した。

柴詢は改めて蘭華に対し、一礼する。

「それでは蘭華様、わたくしめの手伝いという形にはなりますが、ご協力願えますでしょうか？」

「はっ、はい。よろしくお願いします」

こうして蘭華は、鳳珠島の生活改善に向けて食料問題に取り組むことになったのである。

＊　＊　＊

農作業をするにあたって、普段の衣服では動きにくい。蘭華は汚れてもいいような農作業着に着替えてきた。

「当家の畑は、特定の作物を育てるのではなく、この島に適した作物を見つけることに重点を置いております。なので、作付は区画ごとに異なります」

　そんな説明を受け、畑を見てみれば、なるほどと納得する。植えられている野菜は、畑の一面ごとに種類が違う。

「どういう作物を植えてるんですか？」

「基本的には芋や蕪、人参などの根菜類でございます。中には西域が産地とされる果実野菜の茄子や瓜などもございますな。葉物野菜もいくつか育てておりますが、主食になりうる野菜ではございませんので、試してはおりますが量は多くありません」

「なるほどなるほど」

　私わかってます！　と言わんばかりの真面目な表情で頷く蘭華だが、その実、根菜や果実野菜、葉物野菜と言われてもその区別がついていなかったりする。

　とりあえず、いろんな種類の野菜が植えられているんだなぁ、くらいの認識だった。

「見た感じ、順調に育ってるように見えますけど……？」

「見た目はそうなのですが……」

　言葉を区切り、まずは見てもらおうと思ったのか、柴詢は芋の蔓を掴むと一房だけ掘り起こした。

「こちらを御覧ください」

掘り出した芋の土を払い、手のひらに載せたその大きさは、蘭華の人差し指と親指で丸をつくったくらいの小粒なものだった。

「この時季ですと、わたくしめの握り拳ほどの大きさに育つのが普通です。ですが、現状ではこれ以上なかなか育たないのです。たまに大きく育つこともあるのですが、そういうものは中身がスカスカになっております」

「栄養が足りない……んですかね？」

植物の育成にそこまで詳しくない蘭華だが、植物も〝生き物〟ということはなんとなくわかっている。

そこから転じて、自分がこれまで診てきた患者たちのことを思えば、生長が遅い、あるいは悪いというのは、なんらかの病気か栄養不足なのだろうと察しがつく。

ただ、病気だとしたら植物と会話ができる柴詢が気づかないわけがない。

そうなると、残る可能性は〝栄養が足りてない〟ということになる――のだが、柴詢は首を横に振って答えた。

「この一帯は土を入れ替えておりまして、栄養面でも問題はないはずなのです。それでも生長が芳しくなく……」

「植物たちはなんて言ってるんですか？」

「明確な言葉で表すのは難しいのでございますが……そうですね、総じて悲観的な感情が感じ取れます」

「悲観的？」

「何故、そのような感情になっているのかはわかりません。育成環境はそこまで悪くないと思うのですが……。ともかく、わたくしめにできることは、丁寧に育てていくだけでございます」

「確かに」

「農作業を手伝っていただけるのであれば、蘭華様、水やりや雑草の除去等、お任せしてもよろしいですか？」

「任せてください！」

「では、よろしくお願い致します」

よろしくされてしまった。

されてしまったからには、ちゃんとやらなければならない——そう考えて気持ちを引き締める。

経緯はどうあれ、自分から「やる」と言ったのだ。手は抜けない。

そんな気持ちで始めた野菜園の手伝いだったが、これが思ったよりも大変なものであることがすぐにわかった。

蘭華が柴詢に最初に聞かれたのは「水系統の呪術は使えますでしょうか」だった。

呪術ときた。

呪術とは、あらゆる生命が体内で巡らせている〝道(タオ)〟と称するエネルギーを触媒とし、様々な自然現象を自在に操ることのできる術である。

しかしそれは、誰もが使えるものではない。聖女や聖人が持つ癒やしの力と同様に、生まれ持った適性に加え、日々のたゆまぬ努力で維持されるものだ。

そして蘭華は、残念ながら呪術の適性はなかった。

そのことを正直に言えば、柴詢から返ってきた言葉は「では、溜池(ためいけ)から水を汲(く)んでいただくことになります」とのことだった。

なんでも、柴詢を含め、この菜園の仕事を任されている農夫たちは皆、呪術が使えるらしい。

使える、と言っても戦闘で活用できるような高威力のものではなく、ちょっとした水を出す、そよ風を起こす、枯葉に火を点(つ)ける程度のものだ。

しかしそれでも日常生活を送る上では重宝するようで、農作業であれば水を撒(ま)くのも呪術を使って楽に行えている。

しかしそれは、あくまでも例外的な話。蘭華を含め、世の中の農夫たち全員が呪術を使えるなんてことはない。

では、呪術が使えない農夫たちはどうしているのかというと、溜池や小川、あるいは井戸から水を汲み、手で運び、柄杓で撒かねばならないのだった。

「ふぬっ！　ふぬぬぬぬ〜っ！」

なので、呪術が使えない蘭華も、普通の農夫たちと同じように自力で水を汲んでこなければならなかった。

　これまで人々に触れるだけで癒やすことができた大聖女の蘭華は、逆を言えば筋力を使うようなことは何もしてこなかった。

　悲しいほどに非力だ。

　そんな弱々な力で水汲みをしなければならないのだ。

　屋敷には料理や飲料水として井戸水を使っているが、菜園や庭園の草花に撒く水は小川と繋がる溜池を利用している。そこに桶を投げ入れ水を汲み上げ、台車に積んで運んでから柄杓を使って水を撒かねばならない。

　もちろん、畑の広さを考えれば一回で済むわけもなく、そのような作業を何度も何度も繰り返す必要があった。

　畑に水を撒いては台車を引いて溜池に戻り、溜池で水を汲んでは畑に戻って水を撒き——そんなことを幾度となく繰り返した。

　そうして水やりを終えれば作業終了……なんてこともなく。

　次に待っていたのは、作物の生長状況の確認だ。

病気になっていないか、害虫の被害にあっていないか。その確認をしつつ、雑草などを取り除いていく。

引っこ抜いた雑草も、その場に放置するのではない。籠に入れて一ヶ所に集めておくのだ。なんでも雑草から肥料を作るらしい。

その他にも暑さに弱い、寒さに弱い、水をあまり与えない方がいい等々、状況に合わせて手を加えたりすることも多い。

それを、毎日やらなければならない。

農業というのは、なんと大変な仕事なんだろう！

蘭華は心の底からそう思った。

毎日食卓に上る野菜は、これほどまでに大変な作業を日々行って作られているのかと感動し、これからは好き嫌いなく野菜を食べようと強く心に誓った。

そして何より、一日体験しただけでも大変な仕事を、毎日黙々とこなしていく農夫の仕事っぷりにも感動した。

もともと責任感が強く、自分に与えられた役目は睡眠時間を削ってぶっ倒れるまで続けるような、仕事中毒（ワーカホリック）の気がある蘭華だ。

初日は農夫の仕事に感動しつつも満身創痍（まんしんそうい）と呼ぶに相応しいほど疲労困憊（ひろうこんぱい）していたが、理由はどうあれ「やる」と言った以上、途中で投げ出す真似などせずに翌日も同じように農作業をがんばった。

そうやって二日目、三日目と続けていくうちに、日に日に生長していく作物を見るのがなんだか楽しくなってきた。

本来の目的を、半ば忘れてしまうくらいに。

＊　＊　＊

「いやあ、今日も疲れたわねぇ」

ざぱーん、と湯を張った湯船に浸(つ)かりながら、蘭華は言葉とは裏腹に充実した表情を浮かべていた。

この湯船という器具も、西域様式を取り入れた九龍帝の屋敷で住まうようになってから日課のように利用するようになった。

もともと永翔(えいしょう)帝国には〝入浴〟という文化はない。普段は桶に汲んだ水で髪や体の汚れを拭うくらいだ。湯船に浸かる、ということは年に数回、九龍帝などの重要人物と面会するような時に、身を清めるために浸かる――という程度だった。

そのため、帝都であってもどこの家にも浴室なんてなかったし、浴場という場所もなかった。

しかし西域様式のこの屋敷では、入浴専用の部屋があったのである。

はじめは「湯に浸かるなんて、そんな贅沢（ぜいたく）は……」などと躊躇っていた蘭華だったが、農作業で疲れた状態で浸かった湯船の快適さに目から鱗（うろこ）が落ちるほどの感動を味わった。

それ以降、蘭華は日々の農作業を終えた後、入浴するのが日課になっていた。

「なんだかすっかり農作業に没頭してますね、蘭華様」

湯船に浸かってくつろぐ蘭華に、入浴の補佐ということで付き添っている綺晶は呆れ気味だ。

「これがまた、やってみるとなかなか楽しいの。すくすくと育つ姿は、人であれ、動物であれ、植物であっても、見守るのは楽しいものよ」

「そういうものですか」

それならそれで、蘭華に大聖女としての役目以外の楽しみが出来たということで良いことなのかもしれない。

ただ、当初の目的を忘れてませんか？　と言いたくなってしまうところもあるのだが……そこのところを確認しておくべきかもしれない――と、綺晶は思った。

「それで、柴詢さんの悩みは解決できそうですか？」

「えっ？」

「え？　って、ちょっと⁉」

やっぱり忘れていたようだ。

「蘭華様？」

「だ、大丈夫！　ちゃんと覚えてるから！　あれでしょほら、柴詢さんの悩みを解決して、島での生活を改善するってことよね⁉」

かろうじて覚えていたようだ。

それならそれで、手応えのほどがどうなのか――ということも、聞いておかねばならないだろう。

「うーん……」

なので綺晶は聞いてみたのだが、けれど蘭華からの返答は、肝心なところでなんとも言えない表情になっていた。

「私は農作業の素人だからなんとも言えないけど、作物は順調に育ってる感じがするのよね。柴詢さんが何に手こずってるのか、ちょっとわからないって言うか……」

「そうですか」

毎日疲れるほど農作業に従事して、その結果で得られたのが「ちょっとわからない」というのは残念な感じもする。

だが、よくよく考えれば蘭華が農作業を始めてから、まだ一週間ほどしか経っていない。それで何かを摑めなくとも、それは仕方がないのかもしれない。

「……あ、でも」

と、蘭華が何かを思い出したかのような声を漏らした。

「初日に柴詢さんが言ってたじゃない？　作物たちは総じて悲観的な感情になってるって。でも、私が今までお世話をしてきた限りだと、あんまりそういう感じはしないかなぁって」

「ふむ？」

それはどういう意味だろうと、綺晶は首を傾げた。

蘭華は虎人ではないし、植物からの言葉は聞こえない。感情も、読み取ることなど出来やしないはずだ。

「でも蘭華様、事実として柴詢さんが長年に亘って作物を育てていたのに旨くいってないんですよ？　もしかすると、これから何か問題が発生するかもしれません。油断大敵です」

だから綺晶は、釘を刺しておくことにした。調子に乗って育てていた作物が全滅した——なんてことになったら、目も当てられない。

「厳しいわねぇ。でも……そうね、その通りよね」

綺晶の言葉に肩をすくめつつも、蘭華は素直に頷いた。

そういうところが、侍女を雇えるような他の有力者と違うところだと、綺晶は思う。大聖女などと大層な二つ名で呼ばれていても、それを鼻にかけることもなく侍女の忠告に耳を傾けてくれる。

それだから綺晶は、蘭華の側仕えとして今も隣にいる。

「それでも、まぁ、あまり根を詰めすぎないようにしてくださいね」

「聖女の仕事をしてた頃に比べれば、全然よ」

そんな風に嘯(うそぶ)く蘭華に、綺晶は苦笑するしかない。ただ、それが本心だとしたら、聖女の仕事はどれほど過酷だったのかと問い詰めたくもある。

なんであれ、無理や無茶はほどほどにしてほしいと願う綺晶だった。

「それはそうと綺晶、あなたも一緒にお風呂に入りましょうよ」

「はい？　突然何を言い出しているんですか。わたくしがここにいますのは、蘭華様の入浴をお手伝いするためですよ？　一緒に湯船に浸かるためじゃありません」

「とか言って、ちゃんと湯浴(ゆあ)み着を着てるじゃない」

「それは濡(ぬ)れてもいいようにと――」

「いいからいいから」

「……もぉ～」

蘭華にぐいぐい手を引っ張られて、綺晶は「仕方ないわねぇ」とばかりに嘆息する。

世話係だからか、どうにも蘭華に頼まれると断れない。これはもう、性分なのだろう。

「今日だけですからね」

なんだかんだで蘭華には甘いなぁと思う綺晶だった。

＊　＊　＊

そして、蘭華が農作業に従事し始めて十日を過ぎた日のことだ。

「山に笠がかかってるわね……雨が降るのかしら？」

「観天望気までできるようになってしまったんですね」

観天望気とは、動植物の動きや雲などの自然現象の動きから天気の変化を読み取ることだ。農作業には割と必要な技術である。

わずか十日ばかりでそんなことができるようになった蘭華の適応力に、綺晶は感心しつつも少し呆れてしまう。

そんな綺晶も、蘭華に付き合ってずっと農作業に従事している。と言っても積極的に手を貸しているわけではなく、蘭華のサポートをするような立ち位置だ。

「さ、今日も頑張るわよ」

「蘭華様、やっぱり当初の目的を忘れてません？」

そんな会話を交わしながら畑へ向かうと、何やら柴詢が難しい顔をして畑を見て回っていた。

「あら、柴詢さん。どうかなさいましたか？」

「これは綺晶殿、それに蘭華様も。おはようございます」

綺晶が声をかけると、それで気づいたとばかりに柴詢はお辞儀をする。それだけ蘭華の管理している畑を注意深く見ていたということのようだが、何がそんなに気になっていたのか、どうにもわからない。

「あの……何か問題でもありました？」

初日に蘭華に畑の一ヶ所を任せて以来、柴詢は何も言ってこなかった。

それが今日になって畑の傍(そば)で難しい顔をしていれば、何かあったのかと気が気ではない。

「いえ、悪いことは何もありません。むしろ……」

そう言って、柴詢は手に持っていた大ぶりの茄子を差し出してきた。

「こちらの茄子は、蘭華様にお任せした畑で収穫されたものです。実に立派に育てられております」

「まぁ、ずいぶん大きく育ちましたね！」

黒く太く照りのある茄子は、一見すれば売り物のように立派だ。

　それが収穫されたのが、途中からとはいえ蘭華が面倒を見ている畑だと言われれば素直に嬉しい。毎日の努力が、こうして形になったのだから。

「実にお見事です。ですが、ここまで見事に育てられたことが不思議でなりません。いったい何をなさったのか、是非ともお聞かせ願いたいのですが……」

「え？　何をと言われても、最初に教えていただいたとおり、土の状況を見て毎日の水やりと雑草の除去、あとは病気になっていないか確認していただけですけど……」

「なんと!?　しかし、それでは……うぅむ……」

　素直に答えると、柴詢はますます難しい表情を浮かべて唸った。

　その態度が、ますます蘭華を困惑させる。

「……ああ、そういうことですか」

　そんな蘭華の困惑とは対照的に、納得の表情を見せたのは綺晶だった。

「蘭華様、よく思い出してください。鳳珠島は作物が育ちにくい島です。虎人でもある柴詢さんでさえ、満足に育てられないのです。それなのに、十日ばかり蘭華様がお世話をした畑では立派に育っている……それが不思議なのではないですか？」

「左様でございます」

　綺晶の話に柴詢は頷く。それでようやく、蘭華も「そういうことか」と納得した。

「これまで幾度となく様々な作物を育ててきましたが、これほどまでに立派に育った野菜を見たのは初めてでございます。どうしてここまで見事に育てられたのか、是非ともご教授いただきたいのですが」

「そ、そう言われましても……」

丁寧な物腰ながらも、真剣な眼差(まなざ)しでグイグイ迫ってくる柴詢を前に、蘭華はたじろぐことしかできない。

そもそも、蘭華は農業の素人だ。まだ自分で考えてあれこれできるだけの知識も経験もない。言われたことを愚直にこなしていくだけで精一杯なのだ。

そんな彼女が、植物と会話のできる虎人以上のことなんて、誰がどう考えたってできるわけもない。

「落ち着いてください、柴詢さん」

見かねてなのか、そこへ割って入ったのが綺晶だ。

「蘭華様は、どちらかと言えば感覚の人です。気がつけば何かやらかしてた――なんてことは、よくあることです」

「なんかヒドイ言われような気がするんだけど!?」

「ですので、蘭華様にあれこれ聞くよりも、植物の方に聞いてみては如何ですか？」

横で憤っている蘭華を気持ちがいいくらいにスルーしてそう提案してみれば、柴詢は「それはすでに確認しております」と答えた。

「作物の感情を読み取る限りでは、わたくしめが育てている作物と比べ、とても明るく活発で、元気になっているのです」

「それは……ええと、逆の言い方をすれば、柴詢さんが育てている作物は、暗く落ち込んでいて元気がない——ということですか？」

「そうですね、蘭華様がお育てになっている作物と比べれば、そう表現できるでしょう。虎人としては、お恥ずかしい話なのですが……」

「もしかして私、実は野菜を育てる才能があるのかしら！」

柴詢の言葉に蘭華が声を弾ませたが、少なくとも綺晶は、そんなことは絶対にないと確信している。

ただ、蘭華が世話をしていた作物が順調に育っているのは、柴詢の言葉や態度からも間違いない。

おそらく、〝蘭華に作物育成の才能がある〟以外の、なんらかの理由があるはずだ。

「蘭華様がお世話していた畑は、別に状態の良いものを選んで任せたというわけではありませんよね？」

「はい。収穫できる一つ、二つの状態が良いことはあっても、区画全域が良いとなると話は違います。蘭華様にお任せしたのはこの茄子畑ですが、どれも順調すぎるほどに生長しております」

「けど、蘭華様が行っていた作業は水やりと雑草の除去くらいですよ。それで作物の状態がよくなるのなら、柴詢さんのお世話でも元気に育つのでは？」

「残念ながら、わたくしめのやり方では蘭華様ほど作物が元気になりません」

柴詢の言葉に、綺晶は「むむむ」と唸ることしかできなかった。

実際、蘭華の傍で農作業の様子を見ていた綺晶からしてみれば、別段、特殊なことをしていたわけでもない。溜池から水を汲んで柄杓で撒いただけである。

それで眼を見張るほどの変化が出たというのであれば――。

「水質の問題……？」

すぐに思いついたのはそのくらいだった。

試しに柴詢へ伝えてみると「それは考えにくいかと」と首を横に振られてしまった。

「茄子畑だけでなく、屋敷にあるすべての草木に与えている水は、溜池で汲んだものでございます」

「呪術が使える方は、呪術で生み出した水を撒いているのでは？」

「いえ、呪術と言っても万能ではございません。何もないところから水を生み出しているわけではありませんので」

実際に呪術が使える柴詢が言うには、呪術というのは厳密に言うと干渉能力と言い換えられるもののようだ。

例えば水の呪術を使うなら、近くにある水――水分を集めて操るものらしい。

なので、砂漠のように極端に水気の少ないところでは水系統の呪術はほとんど発動しない。

つまり、発動できたとしても本来の威力の数十分の一、数百分の一になってしまう。

畑の水やりで呪術を使っていても、その根本にある水分は〝島の水〟ということになる。

となると水の問題ではない――と、綺晶は自分の閃き（ひらめ）が見当違いだったと結論づけようとして……はたと気づいた。

水を撒いていたのは蘭華だ。

その蘭華は、大聖女と呼ばれるほど規格外の癒やしの力を持っている。

そしてその力は、手で触れることで効果を発揮する。

であれば、そんな蘭華が手ずから汲み上げた水は、果たして本当にただの水と言えるのだろうか。

「もしかして、汲み上げた溜池の水に蘭華様の癒やしの力が加わっていたりしませんか？」

自分でも「何言ってるんだろう」と思わなくもないことだが、それでも綺晶はその可能性を口にしていた。

「えっ？」

そんな綺晶の発言に、驚きの声を上げたのはやらかしているだろう蘭華だ。

「ど、どうなのかしら？　自分では、特に意識してないんだけど……」

蘭華本人はそう言うが、だからといってその言葉は素直に信じられるものではなかった。

何しろ、大聖女の癒やしの力は自動的なのだ。そのことを綺晶は知っている。意識的にしろ無意識にしろ、手で触れれば癒やしてしまう。

ただ、それが人以外にも効果があるのかどうかまではわからない。

「それでしたら……どうでしょう、蘭華様に他の畑にも水撒きをしていただくというのは」

柴詢がそんな提案をしてきた。

「わたくしめは虎人でございます。もし、蘭華様の撒く水が作物にとって良いものであるのなら、その反応が見られるかもしれません」

「なるほど」

ということで、蘭華は溜池から水を汲んできた。

初日はそれだけの作業で息切れを起こしていたのに、今ではすっかりお手の物である。

「そ〜れ！」

柄杓を使って豪快に水を撒いていく蘭華。

その様子を見ていた柴詢の目には何が映っているのか、「おお……」と感嘆の声が上がった。

「なんということでしょう……蘭華様が撒いた水を浴びた作物たちが、皆一様に喜んでおります！」

いつになく興奮した面持ちで声を弾ませる柴詢だが、傍目には劇的な変化はない。綺晶なんかは「本当かしら？」と首を傾げている。

だが、こんな状況で嘘を言う意味も理由もなく、虎人が言うのだからそうなのだろうと納得することにした。

「しかし、そうなるとやはり、蘭華様が撒く水は特別ということですかね？　癒やしの力は作物にも効くんですか？」

「え？　や、そんなこと私に聞かれても……」

綺晶の言葉に、蘭華は困惑しきりである。だが、すぐに「あ、そういえば」と、何やら思い出したようだ。

「聖女や聖人の仕事には水剤作りがあるの。ちょっとした腹痛とか熱とか、医療院にかかるほどじゃないけど体調が優れないときに使う飲み薬なんだけど、水に癒やしの力を込めるっていうのはできなくもないわね」

「では、やはり作物が元気になったのは蘭華様が無意識に撒く水を水剤にしたんですか？」

「うーん……作物にも効くって話は聞いたことないんだけど。そもそも私、水剤なんて作ったこと……あ、一度あったわ」

「あるんですか」

欠損部位さえ復元してみせる蘭華ならば、わざわざ水剤なんて作る必要もなく、直接触れてしまえば万事解決である。

それでも彼女が水剤を作らなければならなかった理由は、ただ一つだ。

「体調不良の原因が外部にあった患者さんのためにね、作ったことはあるの」

「外部……とは？」

「第三者からの呪い」

それは蘭華が大聖女として活動し始めたころのことだ。

担ぎ込まれた諸侯が日に日に衰弱し、ついには自力で立ち上がることも食べ物を飲み込むこともできなくなる奇病にかかった。

他の聖女や聖人は癒やすことも原因の特定さえもできずに首を捻（ひね）っていたが、蘭華はひと目でその原因を見抜いたのだ。

呪いである。

外部から、何者かによって健康を阻害されていると看破したのだ。

だが、見抜いたからといって即完治――とはいかなかった。

当然である。

原因が本人にあるのならいくらでも治せるが、呪いの場合は元を絶たねばならない。一時的に回復させることはできても、完全に治すことは不可能なのだ。

そこで蘭華は、解呪の水剤を作った。

解呪、と言っても先にも述べたように呪いは根本を絶たねば真の解決には至らない。

蘭華が作ったのは、呪いを弾く水剤だ。塗り薬のように全身に塗れば、心身を蝕む呪いを弾くことができるのである。

そうして呪いの進行を抑えている間に、呪いの元は無事に絶たれて件の諸侯は回復したのだった。

余談ではあるが、それは永翔帝国にとってかなりの大事件であったのだが、蘭華の与り知らぬことである。

「それ以外の水剤は作ったことないから、私が作れる水剤と言ったら解呪の効果になるんじゃないかしら？」

「……ちょっと待ってください」

なんのことはないように自分の経験から作物が元気になった理由を語る蘭華を前に、

綺晶と柴詢はさっと顔色を変えた。

何故ならば——。

「それって、鳳珠島の水は呪われている……ってことになりませんか？」

——そういうことだからだ。

＊　＊　＊

鳳珠島の水は呪われているかもしれない。

その可能性が出てきたことで、屋敷では対策会議が開かれることになった。

「鳳珠島の水が呪われている……ですか」

対策会議といっても、呪いの可能性を示した大聖女蘭華に側仕えの侍女である綺晶、屋敷の家宰を務める柴詢といった呪いの可能性を見出した面子に加え、大聖女機関に所属する武官の玲峰を交えた四者会談だ。

「……まず、問題点は二つあります」

綺晶や柴詢から話を聞いた玲峰が最初に口にしたのは、そんな言葉だった。

「一つ目は、島の水が呪われていると気づいた方法に客観性がないこと。二つ目は、その呪いが人間にとって害のあるものなのかわからないこと——です。それがはっきりしない限り、国は動かないでしょう」

玲峰の言葉に、誰もが異論はない。

そもそも蘭華が触れた水が解呪の水剤になってしまったというのが、常識ではありえない。聖女が作る水剤は、そんな簡単にできるものではないからだ。

ただ、蘭華の癒やしの力が規格外なのは周知の事実であり、もしかすると「そういうこともあるかもね」と、納得してもらえる可能性もなくはないだろう。

ただ、植物の反応から気づいた——というのは、第三者を納得させる材料としては弱い。

何しろ植物の言葉を理解できるのは虎人だけなのだ。

そして、鳳珠島を含め、帝都で暮らす虎人の数は圧倒的に少ない。

他の虎人を連れてきて確認してもらうのも難しい状況だった。

また、気づいたのが長年に亘って鳳珠島に適した作物の育成に力を注いでいた柴詢であることも、判断材料としてはマイナスだ。

穿（うが）った見方をすれば、蘭華が先に作物を立派に育てたので、苦し紛れに「水が呪われていたからだ」と言い訳しているのではないか——と思われかねない。

「柴詢さんは、この島で作物の育成を始めてどのくらい経っていますか？」

「かれこれ……八十年ほどでしょうか」

「その年月も問題ですよね」

八十年──その年月は、この島で人々が暮らし始めた頃と一致する。

そして、柴詢は病に冒されることもなく作物の育成に注力し、鳳珠島出身だという玲峰も、今は武官という屈強な体軀を持つ益荒男だ。

「幼少期までこの島で暮らした俺はご覧の通りですし、柴詢さんも健康そうだ。他の住民にも気になるような健康被害は出ていません。水が呪われていたとしても、その呪いは人にとって無害なら『放っておけ』と言われてしまうでしょう」

「作物の育成に影響があるのに？」

「作物を含め、食料は本土から輸送されていますからね……呪いのせいだと証明できても、食べ物なら送っているから問題ないだろう、と言われてお終いです」

「つまり……現状では、国に調査依頼や解決の要請はできないということですか？」

「そうなります」

実に腹立たしい思いを抱きたくもなるが、立場が逆ならば──と考えると、納得できなくもない話だと皆一様に思った。

「かもしれない」や「だと思う」などの曖昧な情報だけで〝国家〟という大きな組織は動かない。それで動いていては、人的費用はすぐに枯渇する。

「だからこそ、有無を言わせぬ説得力が必要なんですね」

綺晶の言葉に、玲峰は「ええ」と頷いた。

「必要なのは客観的な証拠です。『確かに呪われていて、島民にも被害が出ている』と証明しなければ、どこからも協力は得られないでしょう」

「客観的な証拠……ですか」

なかなかに難しい話だと、綺晶は率直に思った。

呪いが確かに存在していると証明するための客観的な証拠とは、つまり人的被害が出ることだ。

誰かが犠牲になって、国はようやく呪いの脅威を理解し、対処する。

国の協力を得るためにはそういう経過が必要なのかもしれないが、大聖女の側仕えの侍女という立場からすれば、犠牲が出る前に解決したい。

「あのぉ～……」

するとそこへ、蘭華が遠慮がちに挙手しながら声を上げてきた。

「別に国からの支援がなくても、私たちで、さっさと呪いを解いちゃった方が早いんじゃないかなぁって思うんですけど……」

その発言に、全員が「ん？」と首を傾げた。

「蘭華様……いくらなんでも、私たちだけで呪いを解呪するのは難しいんじゃないですか？」

あまりにも突拍子もないことで言葉を失っている中、皆を代表するように、少し窘める気持ちを込めて、綺晶が疑問形で問い返してみた。

「そうかしら？」

しかし、どうやら蘭華には通じてないようだ。

「私、解呪の水剤を作れるし、呪いの大本に触れれば解呪もできるわよ。実際、畑に撒いた水で野菜は大きく元気に育ってるんでしょ？」

「ふむ……」

それは、確かに出来そうだ。

こと癒やしや回復など、悪い状態を健全な状態に戻すことに関してならば、蘭華に不可能はなさそうである。

「しかし蘭華様、それは呪いの発生源がわかってからの対処法なのでは？　今はまだ、どこから呪いが向けられているのかも判然としておりません」

「えっ？　あ、はい！　えーっと……そ、それについては、なんとなくわかります。はい」

玲峰が相手だからか、しどろもどろになっている蘭華だが、口にした言葉は皆を驚かせるに十分な、ハッキリした返事だった。

「蘭華様、呪いの発生源がわかるんですか？」

これは大事な話だ。玲峰と話をさせて、しどろもどろにさせている場合ではない。

だから綺晶が率先して聞いてみれば、蘭華は言い淀む素振りも見せずに「うん」と頷いた。

「なんとなくだけど、予想はできるでしょ？　今回の呪いはあんまり人の意思を感じないもの。現在まで人的被害が出てないってことは、誰かが誰かを呪ってるわけじゃない。特定の場所に対して自然発生する類いの呪いなんじゃないかしら？」

特定の場所で自然発生する呪い。

そんなものがあるのかと言えば、実際に存在する。

それは、自殺の名所と呼ばれるような場所のことだ。

何故そこで死ぬのか。

どうしてその場所で〝不幸〟が起きるのか。

それについては、ハッキリとした原因はわからない。地脈的な問題であったり、陰陽のバランスが崩れていたり、あるいは過去に何かしらの事件や事故があったりすることを指摘する声もあるが、決定的な原因は今なお判明していない。

しかし、その〝場所〟に行けばかなりの確率で人は死ぬ。

原因はわからずとも人が近づいてはいけない〝禁足地〟のような、呪われた場所というものは確かに存在するのだ。

「今回、呪いにかかっているのは作物に撒いていた水よね？　なら、その水はどこから来たの？　鳳珠島の小川と繋がっている溜池からでしょ。だとすれば、小川の水も呪われているってことになるわよね？　そこを辿っていけば、呪いの根本にたどり着けると思うわ」

「…………」

理路整然と語る蘭華に、綺晶は驚くとともにある種の納得もした。

自分が仕えているのは、大聖女蘭華だ。〝癒やす〟ことに関しては、他の追随を許さぬほど突出した技能の持ち主であり、熟練者なのだ。

水が〝呪われている〟という病んだ状態とするならば、それを癒やす手段や方法を見抜く目は、ここにいる誰よりも優れている。

普段のぽやぽやした危なっかしい日常しか見てないから、すっかり失念していた。

そんな熟練者の見立てなら、国からの支援を待つまでもなく呪いは解けるのかもしれない。

「しかし、それですと山へ登ることになってしまうのではありませんか？　それは……お薦め致しかねます」

綺晶が納得の思考に傾きかけたそこへ、別の角度から異を唱える者がいた。

家宰の柴詢だ。

「この島の山は、とても〝道〟の巡りが濃い山なのです。その影響なのか、生息している野生動物、さらには植物でさえも例外ではありません。道の巡りがよい――ということがどういう意味を持つのか……おわかりになりますか？」

「どういう意味……って？」

「まさか……」

蘭華はわかっていないようだが、綺晶はピンと来たらしい。

「植物が呪術を使う……？」

あまりにも突拍子もない、けれど思いついたことをそのまま口に出せば、それは本当に当たりだったらしい。柴詢は頷いた。

「今から五十年ほど前でしょうか、森林を切り拓こうとする島民の動きもあったのですが、山に生息する動植物からの反撃を受けて失敗に終わったのです。それ以降、山を開拓する計画は立ち消えとなりました」

「そういう理由があったんですか……」

柴詢の言葉に一番の驚きを示していたのは玲峰だった。

「子供の頃、孤児院の先生が言っていたんです。山には人を惑わし食べるあやかしが徘徊しているよ――と。だから、決して足を踏み入れてはいけない場所だと教え込まれていました」

「あやかしという話はわかりやすいですね。その正体は山に生息する動植物です。島民に襲いかかるということはあります。過去には死傷者も出たこともあり……それ以来、山に手を出すのはご法度となっているのです」

「……でも、それだと少しおかしなことが」

と、口を開いたのは綺晶だった。

「確か、この島では林業を生業としている方もいらっしゃるとお聞きしたことがあります。山の動植物が攻撃してくるというのであれば、伐採などできないのでは？」

「孫家が行っている事業のことでございますね。そこにはいくつかのからくりがございます」

「からくり？」

「一つは、動植物が帯びる道は山の深部に行けば行くほど高まっているということ。麓の浅いところであれば対処することも難しくありません。また、樹木というのは伐採されることが死ではない――ということでございます。憶測ではございますが、孫家はもしかすると、山の樹木と何かしらの取り決めを交わされているのやもしれませんね」

「つまり……山の動植物は、話が通じない相手ではないということですか？」

「可能性の話ですが」

その話に、綺晶は思案する。

どうやら山の動植物は、友好的ではないが誰彼構わず襲いかかる凶暴性の塊というわけでもないらしい。呪術で攻撃してくるという話も、本能的な部分に根付いた防衛行動なのかもしれない。

ならば、〝呪いを解く〟という目的で山に足を踏み入れるのなら、襲われる危険性は低いのではないだろうか。

何より、こちらには動物はともかく植物と会話ができる虎人の柴詢がいる。事情を説明すればより一層、安全かもしれない。

残る問題は――。

「……そもそも、呪いというものはどうやって解呪するんでしょうか？」

「一番手っ取り早いのは、呪いの触媒になっているものを物理的に破壊することです」

そう答えたのは玲峰だった。

「呪いの触媒になる器物は、破邪の経句（きょうく）を刻んだ道具を使うことで呪い返しを受けずに破壊することができます。幸い、俺の剣には破邪の経句が刻まれていますので、触媒の破壊も――」

「あ、それは止（や）めた方が……」

玲峰の言葉を遮って、蘭華がそんなことを言う。

「あ、いえ、別に玲峰さんの実力とか、経句の話を疑ってるとかではないんですよ。そうじゃないんです」

全員から「どういうこと？」と言わんばかりの視線を向けられたからなのか、蘭華はまるで言い訳のようにそんな前置きをして、本題を口にした。

「ええと、たぶんなんですけど、この呪いはかなり強力です。経句が刻まれた道具くらいじゃ壊せないと思います。木槌(きづち)で聖銀の一塊を砕こうとするような感じです」

「何故、そのように思われるのですか？」

「理由はいくつかあります。一つは、呪われているのが鳳珠島の水ということです。逆の言い方をすれば、島をまるごと包み込むような呪いです。そんな呪いの発生源は、かなり強力だと思うんですよね」

「……確かに」

「あと、期間ですね。柴詢さんがこの島で作物を育てて八十年なんでしょう？　その間、ずっと呪われていたことになります。そんな長期間、負の念を放出し続けるなんて、どれだけ根深い呪いなのかって話ですよ」

「では、蘭華様はこの呪いをどのような物とお考えなんですか？」

「たぶん、原罪のようなものかと……」

玲峰の問に、蘭華は即断した。

「原罪？」

「はい。ええと……なんて言えばいいのかしら？　この世界が誕生したときから、呪われることが定められている場所、あるいはモノ……それも、かなり強力に」

「強力……なんですか？」

そうと言われても、あまりピンとこない。

この水にかけられている呪いは作物の育成を弱めるものであり、それ以外の害は今のところ確認されていない。強力どころか、今の今まで誰も気づかなかったほど弱い部類の呪いとしか思えない。

「下手をすれば、近づいただけで死に至るほど強力ではないかと……」

しかし、蘭華の見立ては真逆のものだった。

「それほどまでに!?」

「私の見立てでは、呪いの発生源になっている呪物は命を吸い取る系のものだと思います。たぶんですけど、それは小川の水源付近にあると思うんですよ。だから川の水は呪われて、私たちの手元まで来るころにはかなり希釈されているんじゃないかなぁって思うんです」

もし蘭華の見立てが正しければ、そんな呪いはどうしようもない。近づいただけで命の危険に晒されてしまうのであれば、解呪なんて夢のまた夢だ。

これはどうしようもないんじゃないか——誰もがそう思い、絶望的な気分に陥った……そんな矢先のことだった。

「あ、でも大丈夫です。対処方法はありますよ」

「え？」

あっけらかんと、蘭華がそう言った。

＊　＊　＊

山の中は、驚くほど静かだった。

聞こえてくるのはサラサラと流れる水の音と、ザクッザクッと地面を踏みしめる足の音。それ以外は葉擦れの音も動物の鳴き声も聞こえない。

「なんだか私たち、冒険者みたいね！」

その足音が誰のものかと言えば、蘭華たち一行のものだった。

前には弓を手にした柴詢。後ろでは軽装ながらも小盾と剣を持つ玲峰が守ってくれている。蘭華は、そんな状況を心底楽しんでいるようで隣の綺晶に向かって声を弾ませていた。

「何をはしゃいでいるんですか。本来であれば、蘭華様がこのような場所にまでご同行いただくわけにはいかないんですよ」

「それはでも、仕方ないでしょ。呪いを防ぐためなんだから」

苦言を呈する綺晶に、蘭華は胸を張って反論した。

「あ、そうだ。そろそろ時間だから追加で解呪の水剤を補給しましょう」

そう言って、鞄(かばん)から水剤の瓶を取り出す蘭華。彼女自身も含め、各々が手渡された水剤を口にした。

それこそが蘭華の示した呪いの対処法——解呪の水剤を飲むことだった。

種を明かせば「なんだ、そんなことか」と思うかもしれないが、これがなかなかどうして盲点だった。

そもそも、解呪の水剤は飲み薬ではない。外部から襲ってくる〝呪い〟という不可視の攻撃に対して防御膜を張る塗り薬だ。

しかし蘭華は、そんな解呪の水剤を飲むことで効果を発揮するよう、見事調整してみせたのだった。

しかもその水剤は、呪いを防ぐだけでなく多少の怪我や病気の予防、さらには疲労回復にまで効果を発揮する。唯一の欠点は効果が永続でなく、一瓶飲み干しても三時間くらいしか効果がないことだ。

それでもその効果は、まるで伝説で語り継がれる霊薬（アムリタ）を彷彿（ほうふつ）させる。

しかし、そんな霊薬じみた解呪の水剤だが、何本も持ち歩けば荷物になるのは否めない。そこで、道中で水剤が作れる人材——すなわち蘭華も同行せざるを得なくなったのだった。

「それにしても……」

水剤の補給のために小休止となって、蘭華は周囲を見回した。

鳳珠島の山を覆う森林は、先へ進めば進むほど人の手が届いていない原生林の様相を呈している。当然ながら道らしい道などどこにもなく、樹木は伸びたいだけ伸びて空を覆っていた。

「これが人の手が入っていない森の姿なのね。なんだかちょっぴり怖いわ」

多少は浮かれていたものの、改めて森の様子を目にした蘭華は、少し身をすくませた。自ら動いているわけでもないのに、何故かこう、飲み込まんと迫ってきているように感じたのだ。

「そうですね。おまけにここの植物は呪術も使うようですから、油断はできません」

蘭華の見立てでは、呪いの発生源は川のどこか——おそらく水源近くにあると考えている。

だからこそ、一歩進むだけでも疲れるような原生林の川沿いを、遡行するように進まざるを得なかった。

「その割には、今は静かよね。もっと敵意むき出しで襲ってくるんじゃないかって身構えていたんだけど」

「そこは柴詢さんのおかげですね」

綺晶が言うように、山麓から中腹にかけて、今のところ森林植物から呪術攻撃を受けていない。植物と会話ができる柴詢の〝説得〟が、旨くいったからだった。

「恐れ入ります。どういうわけか、今日の植物たちは機嫌が良いようで……こちらの話に耳を傾けてくれております。ただ、その機嫌の良さもいつまで続くかわかりません。我々にとって当たり前の行動が、彼らの逆鱗に触れてしまうこともあり得ましょう。くれぐれも油断なさらぬように」

「りょ……了解です」

少し浮かれた気分だったところへ、柴詢からのさり気ない注意で気を引き締めた

——そのときだった。

「——ッ!?」

小休止していた玲峰が、突如武器を構えた。一呼吸遅れて柴詢が弓を構え、綺晶は蘭華をかばうように前へ進み出た。

「え？」

そんな中、状況がまったく読めてない蘭華だけが戸惑っている。

「来ます!」

声を上げたのは綺晶だった。

それに合わせるように、側の川面が下から押されるようにグググと迫り上がり、一塊となって襲いかかってきた。

「くっ!」

玲峰が盾で水塊を防ぐ——が、今の彼が持っているのは、片手で取り扱える小型の盾だ。大型のものではない。

防いだ水塊は弾け、玲峰を押し潰さんとばかりに渦を巻く。

「玲峰さん!」

その様子を目の当たりにした蘭華が悲鳴を上げる。

だが、それは杞憂だった。即座に剣閃が奔り、水塊を斬り裂いて弾き飛ばす。

無事な姿を確認できて蘭華がほっと胸をなでおろすのも束の間、柴詢が振り向き様に矢を放った。

「ギャウン!」

苦悶に歪む鳴き声。ドサドサっと地面に何かが落ちる音。柴詢が放った矢に射貫かれた犬が地面に転がっている。

「え、何？　野犬？　襲われてるの、私たち!?」

「たぶん狼ですね。蘭華様、動かないでください」

慌てふためく蘭華に釘を刺しつつ、周囲に素早く目を配る。

「敵は狼型、数は十五。すっかり囲まれています」

襲ってきた敵の存在をすぐに察知し、その数をも正確に把握した綺晶が玲峰と柴詢に声をかける。

「綺晶、あなたなんでわかるの!?」

的確に襲ってきた獣の姿と数を確認してみせた綺晶の探知能力に、蘭華は事態に慌てつつも驚きの声を上げた。

「このくらい出来ずして、蘭華様の側仕えは務まりません」

そんな風に嘯く綺晶だが、実際のところ、危険に対して敏感なのは蘭華の側仕えをしていく上で必要に迫られ、身につけた技術のようなところもある。

永翔帝国のみならず、他国にも〝大聖女〟として名を馳せる蘭華だ。それ相応に厄介な連中に目をつけられることもあった。

そんな連中を相手に、腕っ節に自信があるわけでもない綺晶としては、厄介事が深刻さを増す前に手を打ち、騒ぎを小さくするしかなかった。

結果、気がつけば危険には人一倍――いや、十倍くらいは敏感になってしまった。

そんな綺晶の報告を、玲峰も柴詢も疑いはしない。

「立派な群れですね……」

「数が多すぎる」

柴詢は渋面を作り、玲峰は舌打ちをする。

そんな二人の頭の中にあるのは、如何(いか)にしてこの窮地から大聖女を安全に逃がすことができるか――だった。その覚悟だけは、今回の探索に蘭華がついてくることが決定した時点でできている。

だからこそ、狼の群れが有無を言わさずに襲いかかってきても即座に対応することができた。

飛びかかってきたのは、三匹の狼だった。それを玲峰は、一匹目を体捌(たいさば)きで交わし、もう一匹を剣で薙(な)ぎ払い、残る一匹を小盾で弾いた。

そこへさらに他の狼が左右から襲ってくる。

それを迎え撃ったのは柴詢だ。二本同時につがえて放った矢は、獲物に飛びかかる蛇のようにうねるような軌道を描いて狼二匹を同時に射貫いた。

それでも狼は、襲いかかってくるのを止めない。

必ず二匹以上で同時に、他の狼たちもわずかな時間差を交え、右へ左へと飛び跳ねるように動きながら攻撃を仕掛けて来る。かと思えば一撃離脱で離れ、離れては隙を窺って襲ってくる。

　挙げ句、物理的な単なる波状攻撃だけでなく、そこに呪術の攻撃も交えて来る様は、まるで組織だった訓練を受けた兵士のように洗練されている。

　そんな群れを玲峰と柴詢のたった二人で処理するのは、不可能に近い。

　数の優位を誇る狼の群れから繰り出される絶え間ない攻撃は、堅牢だった玲峰と柴詢の防壁を徐々に崩していく。

「しまっ――！」

　そしてついに、均衡は破られた。

　一匹の狼が柴詢の矢を掻い潜り、他の狼の相手をしていて反応の遅れた玲峰の隙を突いて、蘭華と綺晶に牙を剝く――。

「ギャウッ！」

　――が、その狂牙が二人に届く前に、狼の四肢は植物の蔦のようなもので雁字搦めになっていた。

「なっ……」

　蘭華が、綺晶でさえも驚倒する。

　どんな偶然が重なれば、野生の狼が獲物と見定めた相手に飛びかかった最中に蔦に絡まるというのか。

そして、すぐに理解する。

これは偶然でも奇跡でもなく、明確な意図を持って行われた攻撃だ。

誰の攻撃なのか。

植物の——植物たちの攻撃だ。

蘭華と綺晶に襲いかかった狼を搦め捕った蔦を皮切りに、草木が一斉に蠢き始めた。

地面を割いて地表まで顔を出した根は狼たちの足に絡みついて転ばし、人の腕ほどある枝が鞭のようにしなって打ちのめす。そこから逃げようとすれば、草花の葉が鋭利な刃物となって傷を刻んでいく。

そんな植物たちの攻撃に腹を立てたのか、狼が川の水を触媒に呪術で木々に攻撃を仕掛けた。

それは確かに木々の幹を穿つことはできたが、果たしてそれがどれほどのダメージになっているのかはわからない。

逆に、より一層、植物たちの怒りを買って苛烈な攻撃を誘発させるだけだった。

あっという間に勝負はついた。

十五匹は居たであろう狼だが、数で言えば植物の方が何千倍、何万倍も多い。辺り一面植物だらけである。

多勢に無勢と本能で察したのか、狼の群れは散り散りになって逃げ出した。

「しょ……植物が助けてくれた……？」

目の前で起きた出来事を、蘭華は狐(きつね)につままれたような、半ば信じられない気分で口にした。

「ええ、そうよ」

そんな蘭華の半信半疑な呟きに対して、ハッキリと肯定したのは綺晶ではない。玲峰や柴詢でもなかった。

答えたのは、近くの巨木から生えた女の上半身だった。

巨木に埋まっているわけではない。自然に空いた洞(うろ)の中に入っているわけでもない。見たまんま、巨木から生えている。

「うひゃぁっ！」

まるで皆を代表するように、蘭華の口から恥も外聞もない悲鳴が飛び出した。

これまで様々な状態の人々を癒やしてきた大聖女だが、さすがに木から人が生えている状態なんて見たことがない。

「悲鳴を上げるなんてひどいわ。助けてあげたのに」

驚き慌てる蘭華たちの様子をおかしそうに眺めながら、樹木に生えた女は徐々に這(は)い出てくる。口調に親しみはあるものの、その様子だけを見れば、かなり奇異で異質な光景だった。

「……お、驚きました……」

樹木から生えて来た女からひとときも目を離さずに、ようやく思考が再起動したらしい綺晶が声を絞り出す。

「よもや、ここまでハッキリとした実体を持つ精怪と出会えるなんて」

「せ、精怪!?」

「樹木の精怪ですよ、蘭華様。この方は人間じゃありません」

精怪。

それは、この世界の万物に宿る〝意思〟である。

人や亜人とも違い、基本的には実体を持たず、まるで気まぐれのように姿を現し、人に助力を与えることもあればイタズラを仕掛けてくることもある超常の存在。

とにかく、そういう存在が〝ある〟ことはわかっているが、有史以来、遭遇どころか目撃例も両手で数えるくらいしかない。

そんな精怪の一種類である樹木の精怪が、実体を持って自ら接触してくるとは。

下手をすれば、有史以来初めてのことかもしれなかった。

「よくご存じね、お嬢ちゃん」

「おっ、おじょ――!?」

よもやの〝お嬢ちゃん〟呼びに、さすがの綺晶も鼻白む。

「助けていただき、感謝いたします」

代わりに前へ出て礼を述べたのは玲峰だった。

「しかし何故、精怪である貴女が我々を助けてくださったのですか」

警戒心を滲ませて玲峰が問う。

何しろ相手は、人の敵とは言えないが味方とも言い難い精怪だ。これまで人類に対し、まったく干渉してきたことがない未知の存在である。

そんな未知の存在に、目前の窮地を救われたとは言え、すぐに心を開くことはできなかった。

特に今は大聖女の護衛としてここにいる。

蘭華に危害が加わるような事態だけは、万が一にでも避けねばならない。

「……ふふ」

そんな警戒の色を顕わにする玲峰に、樹木の精怪は薄く笑みを浮かべた。

「坊やはとても臆病ね。だから、とても強いのね。それを、私は知っている。それを、人の子は〝英雄〟と呼んでいたわね。坊やもいずれ、そうなるのかしら？」

「何を――」

「呪いを解きに来たのでしょう？　そこにいる隣人がそう言っていたわ。それは私にとって願ってもないこと。しかもそれが英雄足り得る者が守護する、神農の神血を色濃く継ぐ者だなんて。これはまさに奇跡的なことなのよ？　だからこそ、無風情に邪魔をされては困るの」

　樹木の精怪が言っていることは、半分もわからない。

　ただ、一つだけハッキリしたのは、彼女も島の水を冒す呪いが解かれることを願っている——ということだ。

　ただ……精怪が人を騙すことはある。そういう御伽噺は枚挙にいとまがない、という意味で。

　だが、先にも述べたように、裏付けが取れている精怪との遭遇や目撃例は両手で数える程しかない。それ以外のほとんどが、面白おかしく脚色された物語だ。

　実際に人を騙すかどうかは謎のまま。

　何より、精怪を前に人が抗う術などあるのだろうか。

　突如起こる大地の揺れですべてを失うように、暴れる濁流に呑まれれば抗えず沈むように、世界そのものと言われる精怪が人を騙し、襲うのだとしたら、人には抵抗する術などないのかもしれない。

　ならばこそ、〝呪いを解くことを願う〟と自らの口で語った樹木の精怪の言葉を、今はただ信じるしかできない。

「いらっしゃい、呪いの元へ案内するわ」

誘われるままに、一行は樹木の精怪の後をついていくしかなかった。

＊　＊　＊

結論から言えば、玲峰の警戒は杞憂だった。

いや、明確に〝シロ〟と判断できたわけではないが、少なくとも今は味方と考えてもいいような気がしている。

というのもこの樹木の精怪、人に興味があるのか、よく喋る。こちらが聞いてもいないようなことまで教えてくれる。

例えば――。

「私のこと？　不思議なことを言うわね。私は私よ。他になんと答えればいいのかしら？　え、名前？　それは同種の中で個体を識別するためのものでしょう？」

「人を山の中へ入れさせないのは危険だからよ。あなたたちも体験したように、森の動植物は呪術が使えるから血気盛んなの。植物たちが人の子の血を吸って生長するなんて、ちょっと勘弁してほしいわ」

「動植物が呪術を使えるのは呪いの影響ね。作物の生長を阻害してるだけじゃないのか――ですって？　それは人里までの距離があるから薄まっているだけよ」

「もう長く呪われてしまっているの。今さら解呪したところで動植物から道が抜けることはないわ。ああでも、あなた達が島外から新たに持ち込む分には大丈夫になるんじゃないかしら」

──等々、今まで島について謎だった情報をさらっと教えてくれた。

その他にもいろいろ話してくれたのだが、聞き慣れない単語が多く交じっていて理解するのは無理だった。

それに、樹木の精怪が同行してくれたことで助かったこともある。

例えば、先程の狼のような野生動物に襲われなくなったことだ。実際は襲おうとしているようだが、行動に移る前に植物たちが撃退してくれている。

また、草木が生い茂る原生林も植物の方から避けてくれるようになり、格段に歩きやすくなった。

そして、三時間が過ぎた。

「うわ……」

そろそろ解呪の水剤を飲んでおこうかと足を止めた時、蘭華が不快感を隠そうともせずに表情を歪めた。

「蘭華様？」

「綺晶、それにお二人も、早く解呪の水剤を飲んでください」

不審に思って綺晶が声をかければ、蘭華は素早く指示を出す。

「ここから先は……ちょっと洒落にならないくらいまずいです」

「え？　どういうことですか、蘭華様」

「ここから先、物凄く濃い瘴気が渦巻いてるわ。一気に呪いの濃度が濃くなってるの。ちょっと私の水剤でも完璧に防ぎきれるかわからない」

いつになく真剣な面持ちで語る蘭華の態度に、樹木の精怪を除く皆がすぐに状況の深刻さを悟った。

「さすがに良くわかっているわね。そう、ここからあと少しの場所に、呪いの根源があるの。もっとも、私でもさすがに近寄りたくないわね」

精怪であっても「近寄りたくない」と言わしめる場所など、どれだけ危険なのか考えたくもない。

しかし、そんな場所へ足を踏み入れなければ呪いの根本を解くことはできない。

どうするべきか――蘭華は逡巡したが、すぐに結論を出した。

「仕方ない……ここから先は、私一人で行ってくるわ」

「何を言ってるんですか、蘭華様!?」

突拍子もない蘭華の提案に、綺晶が皆を代表するように声を荒らげた。

「そんな危険なところへ、蘭華様をお一人で向かわせるなんてできるわけないでしょう！」

「危険なのは綺晶たちであって、私は平気よ？　これでも聖女だもの、呪いや病気には耐性があるからね」

これは蘭華の勘違いだ。

聖女であれ聖人であれ、呪いや病に冒されることはある。

ただ、蘭華だけで考えれば、決して間違っていない。

何しろ彼女は大聖女。欠損部位の復元すらしてみせる、奇跡のような癒やしの力の持ち主だ。無自覚ながらも絶大な癒やしの力で、自分自身を常時癒やし続けている。

これまでの人生で病気や怪我で苦しんだことはないし、呪いの対処もしたことがある。聖女に対する認識は置いておくにしても、蘭華だけが瘴気渦巻く呪いの根源に近づけるのだけは間違いなかった。

「なりません、蘭華様」

それでも、蘭華を止める声が上がった。

玲峰だった。

「御身ならば安全と申されましても、瘴気渦巻く危険地帯へお一人で向かっていただくわけには参りません。俺も同行させていただきます」

「えっ？　いやでも、だから——」

「蘭華様、俺はあなたの護衛を担った武官です。あなたをお守りするためにここにいるのです。たとえご自身で安全と判断されても、わずかでも疑念があるならば、お一人にさせることなどできようはずもありません」

「い、いやでも、本当に呪いの影響が――」

「蘭華様」

真っ直ぐに、真剣な面持ちで見つめられ、熱く思いを語られて、言葉を詰まらせる蘭華。我知らず、ほんのり頬が熱くなってきた。

だからだろうか。

ついつい「は、はい……」などと、玲峰の申し出に頷いてしまった。

「ご理解いただけて、ありがとうございます」

「……え？　あっ、ちが――っ！　今のは……」

「ダメです、蘭華様」

慌てて否定しようにも、今度は綺晶に止められた。

「わたくしといたしましても、安全が確保されていないような場所に行くのなら、せめて護衛がついていてほしいです。一人で行くのは絶対にダメです」

「わたくしめも同意見でございます」

さらには柴詢も敵に回ってしまった。

「蘭華様、わたくしどもは御身を守護するのが役目。わたくしどもを大切に想ってくださるのであれば、どうかこちらの心意気も汲んでいただきたく存じます」

そこまで言われると、嫌ともダメとも言いにくい。おまけに一度頷いてしまっていることもあり、もはや覆すのは不可能だ。

「わ、わかった。わかりました。それなら……ええっと」

しばし逡巡し、何故かほんのり頬を朱に染めて、蘭華は玲峰に片手を差し出した。

「わっ、私の手を！　その……つっ、摑んでいてください！　癒やしの力が、あなたを守ってくれます。でも……そのぉ、私は許可なく癒やしの力を使ってはいけないんですよね？　それでもいいと言うのなら、どうぞ摑んでください」

「それは……しかし、蘭華様こそ、よろしいのですか？」

「え？　わ、私はむしろ望むところ……いえ！　これぱっかりは、仕方ないじゃないですか。ええ、仕方ないんです！」

「そうですか……では、失礼いたします」

一言断りを入れて、玲峰は蘭華の手をそっと握る。それには自ら申し出た蘭華の方が驚いた。

「えっ？　い、いいんですか!?　癒やしの力を使っても」

「どちらにしろ、解呪には蘭華様のお力が必要なのでしょう？　使うなとは申せません」

蘭華はパァッと表情を明るくした。「ちゃんと見てる!?」と言わんばかりに、綺晶へ喜色満面の笑みを向けて。

こうもあっさりと玲峰が蘭華に癒やしの力を使うことを許可したり、蘭華が差し出した手を躊躇いながらも握ってくれたことは、ひとえに蘭華の力に対する認識の違いが大きい。

何しろ玲峰は、蘭華が自らの命を削って癒やしの力を使ってくれていると思っている。少なくともそう聞かされている。

その上で蘭華から「癒やしの力であなたを守ります」と言ってくれたのだから、武官としてその手を握らないという選択肢はない。

一方で、蘭華は九龍帝から「癒やしの力を許可なく使うことを禁ずる」と命じられている。その監視役が玲峰だ。

だから「癒やしの力で守る」と言えば諦めてくれると思っていた。

ところが、思ったよりもあっさりと摑んでくれた。

癒やしの力を使うことを認め、さらにはお堅い武官様が未婚の婦女子の手を握るとは夢にも思わず、「これはもしや玲峰さんも私に気があるのでは!?」などと思ったりもした。

お互いに根本の部分で認識の齟齬（そご）が生じているが、なにはともあれ両者は合意に至り、蘭華と玲峰は手を繋いで奥へと進むことになった。

それに伴って、視界が徐々に霞（かす）んでいく。

気温も低くなってきているようだ。

少なくとも、玲峰はそう感じ取っている——が、蘭華はと言うと、そういう変化に気づくような心持ちではなかった。

何しろ意中の相手と二人きり。

そして手も繋いでいる。

これはもはや逢瀬（デート）と言っても過言ではないのでは!? などと、かなり浮かれた感じになっていた。

しかし、そうは言っても蘭華は聖女だ。道中は浮かれていても、いざ〝患者〟を目の当たりにすれば自然とスイッチが切り替わる。

「……あ」

どれほど歩いただろう。

十分か二十分か……それほど長い時間ではないが、目の前にそれは現れた。

聳（そび）える岩壁を穿って流れ落ちる清流を、一身に浴びる黒い岩。黒曜石もかくやと言うほどの漆黒の岩は、大きさで言えば蘭華の腰くらいの高さだろうか。尖った部分などこにもなく、磨かれたようにツルリと楕円の形をしている。

「なっ……なんだ、あれは……！」

その黒い岩を目の当たりにした玲峰の口から出たのは、驚愕の声だった。

見た目は漆黒で楕円の岩。言葉にすればそれだけかもしれない。

しかし、肌で感じる気配が異様だった。

胃の腑を内側から揉まれるような不快感に、背筋にチリチリと感じる怖気は濃密な死の気配。ふと気を緩めれば、途端に錯乱してしまいそうなおぞましさがある。

憎悪と憤怒と妄執を煮詰めたような空気は、幾万もの命が散る戦場の方が生温く思えるほどだ。

「……玲峰さん、何があっても私の手を放さないでください」

蘭華もまた、握る玲峰の手を一段と強く握りしめた。

玲峰が〝黒い岩〟から異質さを感じ取れたのは、戦いに身を置く武官だからだろう。気配──平時と非常時の空気感の違いを捉える嗅覚は、常人よりも優れている。

それと同じように、蘭華も肌感覚で感じ取れるものがあった。

「これはまだ大丈夫」あるいは「かなり危険」という状態を、患者の態度とは別に、なんとなくだが分かるのだ。

それこそが聖女として培った観察眼。目の前の〝患者〟がどれほど危機的状況であるのかを見抜く診察眼とも言える。

そんな二人の目で見れば、玲峰は「すぐにここから逃げるべきだ」と判断した。

一方で蘭華は――。

「かなりひどいけど……まだ、大丈夫」

黒い岩の状態を、致命傷ではないと判断した。

判断したからには、すぐに治療しなければならない。

「……？」

そう思って前へ踏み出そうとした蘭華だが、手を繋ぐ玲峰が動いてくれなかった。

「玲峰さん……？　どうなさったんですか？」

「……なりません、蘭華様。あれはダメだ。あれに近づいてはなりません」

顔を強張らせ、硬い口調でそんなことを言う玲峰に、蘭華は驚いた。と同時に、繋いでいる手がわずかに汗ばんで力が入っていることにも気づいた。

（ああ、そっか）

それで蘭華は納得した。

こういう反応には覚えがある。新人の聖女が、切迫した命の状況を初めて目の当たりにして「自分に救えるのか」と怖気づいた時に似ているのだ。

「大丈夫ですよ」

　そんな時に、蘭華はいつも言っている言葉がある。

「この世には〝絶対〟なんて存在しない――なんて言いますけれど、それは嘘です。絶対はあります。ここに居ます。絶対に、ここでは誰も死にません。誰一人として傷つきません」

　蘭華は、力強く断言する。

「何故ならば、ここには大聖女（わたし）がいるからです」

「蘭華様……」

「さあ、玲峰さん。まずは目の前の呪い（患者）を解き（癒やし）ましょう」

　蘭華が黒い岩へ向かって一歩を踏み出すと、今度は玲峰もそれに続いた。

　一歩、また一歩、黒い岩へと近づいていく。それに伴い、玲峰は押し潰されるような重圧に顔をしかめたが、繋がっている蘭華の手の温（ぬく）もりのおかげなのか、正気を保つことができている。

　そしてついに、二人は手を伸ばせば届く距離まで黒い岩に近づいた。

「……これは……」

　そこまで近づいて、蘭華は気づいた。

「なるほど、そういうこと」

　独り言（ひとご）ち、蘭華は空いている手をゆっくりと黒い岩に近づけた。

そんな蘭華の動きに呼応するかのように、黒い岩から闇色の煙が立ち上った。

「――ッ！」

「動かないで」

その煙に玲峰は反応しそうになったが、先んじて蘭華に止められる。

煙は己の領域を広げるかのように広がり、二人を呑み込まんと迫る――が、それだけだった。

蘭華の体に触れた側から掻き消えてゆく。如何なる穢れも近づくことは許さないとばかりに弾き、消していく。

それは、蘭華と手で繋がる玲峰も同様だった。

「もう大丈夫よ」

拒むような煙をいともたやすく撥ね除けて、伸ばした蘭華の手が黒い岩に触れる。

効果は絶大だった。

手で触れただけ。

言葉にすればただそれだけなのに、正気を失いかねないほど濃い密度の瘴気が一瞬にして霧散する。黒い岩の表面から闇が取り払われ、それが本来の色なのだろう、乳白色の姿が露わになった。

「ふぅ」

蘭華が大きく息をつく。

「呪いの解呪ができたみたいね」

するとそこへ、鈴を転がすような声が語りかけてきた。

「あれ、樹木の精怪さん？　いつの間にここに？」

「私は草の一枚、花の一輪でも咲いている場所ならどこにでも行けるのよ。呪いの気配が消えたのはすぐにわかったわ。さすが神農の神血を色濃く受け継ぐ者ね」

「前にも言ってましたけど、その……シンノゥ？　ってなんでしょう？」

「知らないのなら知らなくてもいい話よ。人の子の世は短いものね。遠い遠い過去の逸話は、刹那の時を生きる貴女には関係ないじゃない。それよりも……それはどうすればいいかしら？」

樹木の精怪の視線が、乳白色に色を変えた元黒い岩に向けられた。

「私が管理してもいいけれど、貴女の判断に任せるわ」

「あ、連れ帰ります。まだ生きてますし、ようやく元気になったんですから。最後まで治療を続けるのが私の役目です」

「そう。それなら、そうするといいわ。今回はありがとう。貴女のおかげで、この地もようやく世の理（ことわり）に即した形になるでしょう。何かあれば呼んでちょうだい。今回のお礼も兼ねて、力を貸してあげる。それじゃ、また——」

そう告げて、樹木の精怪はその場からフッと姿を消した。精怪だからだろうか、人間臭い惜別を見せることなく、やけにあっさりとした別れだった。

「あの……蘭華様、今の話はどういう……？」

「なんでしょう？　玲峰さんは〝シンノウ〟ってなんだと思います？」

「あ、いえ、そちらではなく……その、連れ帰る？　その黒い……今は乳白色ですが、その岩を？」

「岩？」

なんのことだろう――と一瞬考えた蘭華だが、乳白色の岩を見て「ああ」と気づく。

「違います。これ、岩じゃありませんよ」

「え？」

「これ、卵です。まだ生きている、有精卵です」

ポンポンと乳白色の岩――もとい卵を叩く蘭華の言葉に、玲峰は何度目になるかわからない「えっ!?」という驚きと戸惑いの声をあげた。

＊　＊　＊

永翔帝国皇帝、九龍帝の下へ魔の山から現れたらしい封豨五匹が討伐されたとの報告があったのは、ちょうど蘭華たちが鳳珠島が呪いに覆われていると気づいた頃だった。

「死者三十六名、負傷者は庶民を合わせて五百十三名か……数字だけを見れば妖獣の襲撃に際し、最小限の被害で抑えたと言えよう。ご苦労だった」

王から労いの言葉を賜り、報告へ上がった文官は一礼して執務室から出ていった。

その姿を見送り、九龍帝は深い溜息とともに背もたれへ体を預けた。

「ひとまず、妖獣の脅威は取り除けた……か。しかし、一度に五匹もの妖獣が現れた原因の特定は進んでおらんのだな？」

「はっ」

王の言葉に、側近の一人が頷く。

「魔の山へ調査に向かわせた調査隊からの報告は、まもなく届きましょう。ただ……」

「……？　どうした」

「先触れからは、妖獣たちに落ち着きがなかった——との報告がございました。その報告を元に過去の文献を精査いたしましたところ、類似する出来事があったようです」

「何っ？」

「それによりますと、同種の出来事が起きたのは今からおよそ百年前。『黒き大地が空を舞い、雷轟の如き咆哮を放ち、海を渡る』と……」

「どういう意味だ?」

「残念ながら、明確に断言できる材料はございません。ですが、百年前の人々が斯様な文言でしか書き残せなかった天変地異が起きたのは、間違いないかと」

「ふむ……」

それは確かにそうかもしれない。

百年前に起きた出来事を残すのに、わざわざ詩的な表現を用いる必要はない。少なくとも当時の人々は、詳しい経緯や原因はわからずとも、起きた天変地異を書き記した内容そのままで理解したはずだ。

「万が一の備えは必要か。何も起こらぬのであれば、それでいい。如何なる事態になろうとも、即座に動ける態勢を整えておくのだ」

「はっ」

指示を出し、九龍帝は内心でため息をつく。

人の世は安泰なれど、自然の情勢はとかく人に厳しい。妖獣の暴走——いわゆる妖獣騒乱なる天災など、人類を脅かす脅威は突然やってくる。

如何にして人民を守るか。

為政者として、なかなか油断できない世の中だ。

「……そういえば、蘭華の動向はどうなっている？」

決して忘れていたわけではない。それどころか、大聖女の動向は国政に匹敵するほど重要な案件でもある。

ただ、最近は妖獣の襲撃という優先して対処しなければならない事案があったため、今の今まで報告を聞く余裕がなかっただけだ。

「はっ。大聖女様は鳳珠島の屋敷において、野菜づくりに精を出しているとのことです」

「ほう？」

それはまた、おかしなことになっているものだと九龍帝は思った。よもや癒やしの大聖女が野菜づくりに興味を持つとは思わなかった。

「そういえば、鳳珠島は作物の育成に向かぬ島であったな。先々代の頃から柴詢に育成を任せておるが……蘭華はどうなのだ？」

「まだ始めたばかりとのこと。結果が出るまでには時間がかかりましょう」

「作物の育成は一日にしてならず、か。確かに」

なんであれ、蘭華が癒やしの力を乱用せず、健やかに過ごせるならばそれに越したことはない。

特に、妖獣の動きが不穏な今、海で隔たれた鳳珠島へ向かわせたのは良いタイミングだったのではないかと九龍帝は自らを自賛する。

するとそこに、執務室の扉をノックする音が響いた。

「入れ」

「失礼いたします。魔の山の調査隊の一部が帰還、その報告をお持ちいたしました」

入室した文官から、九龍帝は報告書を受け取った。

その内容は、魔の山の現状を報告したものである。

遭遇した妖獣の種類、行動状況、魔の山そのものの現状がつぶさに記されてあった。危険極まる場所でよくぞこれだけの情報を得てきたものだと感心する。

どうやら魔の山では、妖獣たちが種類を問わず過敏な状態にあるようだ。人で言えばピリピリしている、落ち着きがない、あるいは怯(おび)えているような状況らしい。

では、その原因はなんなのか——それは、報告書の最後に書かれてあった。

『魔の山の深部、地の底にて律動する巨獣を確認。全容は判明せず。だが、その巨軀(きょく)と威風堂々たる佇(たたず)まいは、古代種——もしくは神代の神獣であろうと目される』

第三話

大聖女と古(いにしえ)の神獣

鳳珠島の水は呪われていた。

その呪いの影響で島の作物は生長が滞っていたわけだが、解呪した今、いずれは島でも本土と同じように大きく美味しく、立派に生長した作物を収穫することができるようになるだろう。

けれど、それは今日明日の話ではない。

今の段階で、作物は呪われた水で育てられている。どうしたって影響は残っているだろうから、収穫時期になっても大きくはならない——というのが、植物と会話ができる虎人、家宰の柴詢による見立てだった。

島で立派に育った作物が収穫できるのは、次の次。苗なり種なりを本土から取り寄せ、作物をまるごと入れ替えることでなんとかなる、と言う。

どちらにしろ、まだまだ先の話だ。

先の話ではあるが、これで一つ、鳳珠島が抱える問題——食料の島内生産問題はいずれ解決できると見て間違いない。

それよりも今。

目先の問題として……呪いの発生源だった黒い岩――もとい、乳白色の卵である。

「まずもって、この大きさから考えるにまともな動物の卵じゃなさそうですが……」

屋敷の納屋に安置された巨大卵を前に、綺晶がかなり遠回しな表現で、異様な卵に言及した。

「そもそも呪いの根源だった卵ですよね？　まだ生きてるらしいですけど……そんな生き物を孵していいんですか？」

一番気になるのはそこだ。

玲峰や柴詢は、気を遣っているのか、蘭華のやることに口うるさく注意や苦言を呈することをしない。だから――気にしているだろうが――何も言わずにいる。

だからこそ、他の面々が言いにくそうなことは率先して口に出した方が良い。そう思って、綺晶は蘭華に聞いてみたのだ。

「うーん、呪いのことに関してなら、もう大丈夫だと思うわよ」

「そうなんですか？」

「聖女や聖人の癒やしの力って、対象を健全な状態に戻すものなの。ここで言う〝健全〟っていうのは、世界から見てどうなのか？　ってことなんだけど……例えば、そうね、屍鬼や悪霊の類いがいるでしょう？　ああいうのに癒やしの力を使うと損害を与えたり消し去ったりするじゃない？　それは〝世界の理から見て〟健全かどうかを判断され、癒やされているからなの。屍鬼や死霊は本来この世の中では異質な存在なわけだから、消えちゃうってわけ」

「ええっと……つまり、卵が放っていた呪いを解呪したのに卵が消えなかったのは、呪いが卵そのものの性質ではなかったから——ということですか？」

「そういうこと」

さすが長年連れ添った綺晶の理解は早く、蘭華は大きく頷いた。

「私の見立てなんだけど、あの卵は呪いの基礎になりそうな邪念や怨念を集めてしまう、そんな性質なんじゃないかしら？　だから、定期的に散らしてあげないとダメっぽいのよね。そのまま放置しちゃえば、島の水を穢していたみたいな状態に戻っちゃうと思う」

「だから持ち帰ってきた——と？」

「放っておけないじゃない？」

こともなげに蘭華はそう言うが、綺晶としては気が気じゃない。

それはつまり、これからずっと卵が集めるであろう呪いを、蘭華が定期的に解き続ける——ということだ。下手をすれば、生涯に亘って処置をし続けなければならない一大事である。

そんな重大事案をもあっさり受け入れているように見えるが、本人にはその自覚や覚悟があるのだろうか？　と不安になる。

──いや、それも杞憂か。

どのような懸念もすべて呑み込んだ上で「やる」と、蘭華は決めたのだろう。病んだ者を例外なく救うからこその大聖女である。

ならば綺晶としては、大聖女が成し得ることに異を唱えるのではなく、その活動を滞りなく行えるように補佐するだけだ。

「卵と言えば……綺晶」

「なんですか？」

「私と玲峰さん、ちょっといい感じじゃない？」

「は？」

あまりにも突然の話に、綺晶は遠慮会釈もない素の態度で、いやもっと厳しく言えば、相手の正気を疑っているような険のある声を出していた。

なんで卵の話をしていて玲峰との関係に思い至るというのか、小一時間くらい問い詰めたい。

「いやあ、だってほら、あの卵を探す時に手を繋いだりしたわけだし？　これはもう、彼も私のことを少なからず想ってくださっている証しじゃないかしら！」

「えー……」

あの時に手を繋いだのは呪いを防ぐための緊急措置みたいなもので、呪いを防ぐ他の方法があったら手を繋がなかったのでは？

何より、手を繋いだから〝いい感じ〟と言っちゃうのは、あまりにも発想が飛躍しすぎなんじゃないの？

等々、ツッコミたいことは山のようにあるのだが――。

「ま、まぁ……そうですね……」

蘭華の表情を見るに、今はあれこれ言っても無駄のような気がした。

「でしょぉ～？　綺晶もそう思うわよね？」

なんだか癪(しゃく)に障る笑みを浮かべる蘭華のおでこをペシッと引っ叩(ぱた)きたい衝動に駆られたが、デキる侍女はグッと我慢する。

「それでやっぱり思ったわけだけど、この島の状況を改善することが、玲峰さんとの仲を深める近道だと確信したわ！」

「確信しちゃう蘭華様は、さすがですねー……」

とてもじゃないけれど、綺晶は自分だったら確信どころかそんな風に思うことすらなかったろうな、と思った。

とはいえ、理由はどうあれ蘭華が島の発展のために行動する、というのは良いことだと思っている。

食糧事情を改善しようとした結果、長年に亘って島の水を汚染していた呪いを解くことができた。

もしかすると、生まれながらにして奇跡のような癒やしの力を持っているだけに、蘭華がやることなすことには、なんらかの奇跡的な結果がついてくるのかもしれない。

「それでね、次は……」

「次？」

いいことだと思うのだが、こうも性急にことを進められると、なんだか嫌な予感がしてくる。

「もしかして……またわたくしに相談ですか？」

「ふっふっふ、甘く見てもらっちゃ困るわ、綺晶」

先んじて問いかけてみたら、蘭華は「ちっちっち」と人差し指を左右に振って否定した。

「次にどうするかは、決めてるの。綺晶には、その手伝いをしてもらいたいなって」

「……いちおう、伺いましょうか」

話はそれからだ、と言わんばかりに目を眇めて問いかける。手伝うことには否応もないが、内容次第では全力で止めなければならない。

「それはね……これよ！」

そう言って蘭華が取り出したのは、一枚のチラシ。軽妙な絵と大きな文字で何か書いてある。

胡散臭(うさんくさ)そうにそのチラシを受け取った綺晶は、書かれている文字を目で追った。

『アナタのお悩み、解決します！

日々の生活で悩んでいること、困っていることはありませんか？

そんな時はここ！　一番地にある西域様式で建てられた白亜の屋敷へお越しください！

え？　そこは天子様の邸宅なんじゃないかって？

だ〜いじょうぶ！　そこは天子様の邸宅から、皆様のお悩み相談所に生まれ変わったのです！

親切丁寧な担当者が、訪れたアナタを心から歓迎いたします！

どうぞお気軽におこしください！

ご相談担当者：漣(れん)綺晶』

「………………」

しばし沈黙。いや、思考停止状態に陥ったと言うべきか。何をどう言えばいいのか、とっさに言葉が出てこない。

「そんな感じでどうかしら？」

「どうもこうもなーいっ！」

「ひゃわっ！」

再起動した綺晶は、直後に蘭華を怒鳴りつけた。さすがにちょっと、これは一言物申しておかなければならないと判断した。

「なんなのこれは!? というか、わたくしの名前が勝手に使われているんですけど!? 一体全体何を考えているのか、はっきり答えてもらいましょうか！」

「おっ、落ち着いて綺晶！　説明する！　ちゃんと説明するから！」

綺晶の剣幕があまりにもあんまりだったせいなのか、蘭華は慌てふためいて弁明を始めた。

曰く、やはり島の生活を改善するには島の人から話を聞くのがいちばん確実。けれど、自分は変装しなければ町まで行くことはできない。

そこで、閃いたのは「張り紙を出して町の人の方からこっちまで来てもらえばいいんだ！」ということらしい。

「ただ、私の名前を出すのもマズイかなぁって思って、綺晶の名前を使わせてもらったの。あ、もちろんまだチラシはどこにも出してないし、ちゃんと許可をもらってから出そうと思っていたのよ？　本当よ？」

「…………」

いちおう蘭華もいろいろ考え、配慮しているらしい。

その点を考慮して、綺晶はひとまず怒りを引っ込めた。もっとも、引っ込むまでに何度深呼吸したのかわからないが。

「で？　そのチラシはどこに貼るつもりだったんですか？　町中のあちこちにベタベタと貼りまくっては怒られますよ」

「この島にも組合はあるでしょ？　商業組合とか職人組合とか、そういうところにお願いしようかなぁって思ってて」

組合に頼る。

そんな風に思ったのも、どうやら解呪で山の中を歩いていた時、「まるで冒険者みたいね！」とはしゃいでいたことに起因するようだ。

冒険者と言えば、世界を股にかけて失われた文明や隠された神秘を探し出すことを生業とした者たちのことだ。

時に妖獣がはびこる迷宮へと挑み、あるいは未踏の大地へ真っ先に赴く。そこで得た知識や財宝で名を馳せ、権力者からの支援を得たり自分自身が一国の王になったりするなど、まるで物語の主人公のような活躍を見せる者もいる。

そんな冒険者たちを支援するのが冒険者組合である。

所属している組合員に様々な情報を提供したり、あるいは駆け出しの冒険者に糊口を凌ぐ日雇い労働の提供も行っている。

蘭華がチラシを貼って島民を屋敷に呼ぶ方法を思いついたのも、そんな冒険者組合のやり方を真似たからだ。

ただ、鳳珠島には冒険者組合の支部はない。なので、商業組合や職人組合の方に白羽の矢を立てたようだ。

「なるほど……話はわかりました」

どうやら蘭華も、いろいろ考えた末でのチラシ作戦だったことは理解した。綺晶の名前を使ったのも、置かれている立場が立場だし、ここは百歩譲ってよしとしよう。

ただ――。

「畑の方はどうするんです？」

島の水を汚染していた呪いを解いたものの、それで「農作業はおしまい」というわけではない。むしろ、これから作物は健全に育っていくはずなので、忙しさが増すはずだ。

ただでさえ呪いを解いた卵の世話という、新たな作業まで抱え込むことになっている。これ以上のオーバーワークは看過できない。

「いやぁ、それが……」

何やら言いにくそうにしている蘭華の話を整理してみると、どうやら柴詢に畑を取り上げられてしまったらしい。

「ほら、水の汚染が収まったわけでしょ？　これからは作物も順当に育つはずだから、この島に適した作物探しを本格化させるんですって」

「はは～ん。体よく追い払われちゃったんですね」

「追い払われたんじゃないわよ!?」

真偽はともかく、柴詢の農作業は『鳳珠島での栽培に適した作物を見つけよ』という勅命によるものだ。

作物が育たなかった理由が判明し、その原因を取り除いた今、勅命を果たすべく作物栽培に今まで以上に力を入れるのは当然だ。

そんな大切な時期に、素人同然の蘭華に畑を貸している余裕はない――という言い分は理解できる。

なんであれ、今の蘭華は暇を持て余す状況になっているようだ。

「それなら……うーん、そうですねぇ」

しばし考えて、綺晶は「ひとまずやらせてみてもいいか」と決断した。

蘭華も自分の立場や置かれている状況を考慮した上で、この島の生活を改善したいという思いをちゃんと抱いている。

側仕えの侍女として、主のそういう思いはちゃんと汲むべきだと思う――というのは建て前だ。

本音でいえば、こんなチラシで相談者が現れるわけがないと思ったからである。

まったく信用も実績もなく、それでいて『悩みを解決します！』とか言われても、信じてやってくる人なんているわけがない。

それに、このチラシ作戦にはもう一つ問題がある。

「このチラシを商業組合なり職人組合に貼らせていただくとして、島の人がこの屋敷に来るということでしょう？　警備の問題上、玲峰さんにもチラシの内容を含めてお知らせしておくことになりますけど、それはいいんですか？」

「そこは……うん、仕方ないかなぁって思ってるわ。あ、でも！　『なんでこんなことを？』とか聞かれたら、上手く誤魔化してほしいかも！」

「またそういう面倒なことを、わたくしに押し付けようとして……」

「頼りにしてるっ！」

両手を合わせてお願いしてくる蘭華に、綺晶は深々とため息を吐きつつも「わかりました」と了承した。いちおう、玲峰に「ダメ」と言われたらそれまで、という条件付きである。

ところが、実際に玲峰に話を持っていくと「それは素晴らしいですね」と、大絶賛されて了承されてしまった。

玲峰曰く、「こちらが癒やしの力を使わないようにお願いしているにも拘わらず、それでも人々を救いたいと思われ、心の内面を癒やされようとするその姿勢は、まさに大聖女様の呼称に相応しい崇高なお考えです」などと感心されてしまった。

いやあの、それはすべてあなたの気を引くためですよ――と言いたくなったが、そんなことはおくびにも出さない。「ええ、そうですね」と愛想笑いと苦笑いが混じり合ったような笑みで頷いておいた。

ただ、玲峰としても単に感心しているだけでなく、〝蘭華の警護〟という立場から条件を出してきた。相談に訪れた町の人を直接屋敷へ通すのではなく、離れの方に案内してほしい、ということだ。

離れの方ならば玲峰が常に詰めているので、訪れた人の把握もできるし万が一の事態にもすぐに対応できる。

確かにそれはそのとおりだと綺晶も納得し、了承した。

かくして蘭華考案のお悩み募集チラシは、島にある各種組合に貼り出されることになったのだった。

＊　＊　＊

チラシを貼ったところで、誰も来ないだろう——そう思っていた時期が綺晶にも確かにあったのだ。

しかし、その思いはあっけなく覆された。

商業組合と職人組合、ついでに役場にチラシを貼らせてもらった翌日早々に、屋敷の離れを訪れた人がいたのである。

「お初にお目にかかる。鳳珠島の商業組合で長を務めております、孫徐庵(そんじょあん)と申します」

玲峰が住居としている屋敷の離れには、そのように名乗る初老の男性が居間のソファに座っていた。

「ご、ごきげんよう、徐庵様」

そんな組合長と相対しているのは、まるで自分こそが屋敷の主人とばかりに着飾った綺晶である。ご丁寧に、綺晶の背後には玲峰が護衛のように立ってくれている。

本来だったら蘭華が対応するのが筋なのだが、島にいることは秘密にしなければならない。そのため、相談に訪れた島民の相手は綺晶が請け負うことになり、着慣れない花衣なんてものを身にまとう羽目に陥っていた。

（ご相談担当者ってこういう意味だったのね、蘭華様……！）

綺晶としては、単なる窓口業務だろうと考えていた。

それだけに、まるで自分が責任者のように立ち振る舞うことになったのは遺憾の一言である。

「わたくしは……えー……白亜の姫とお呼びください。ああ、ご不審を抱かれるのも無理はございません。ですが、この屋敷がもともと帝家の所有物だったことはご存じでございましょう？　そこを居とするわたくしにも……その、いろいろと事情がございまして。名乗ることはご容赦ください」

この辺りのことも、事前に取り決めておいたことだ。

帝家所有の屋敷に住んでいるのが、蘭華と知られるわけにはいかない。

かといって、どこの誰とも知れぬ綺晶が本名を名乗っても「結局、帝家とはどういう関係だ？」となりかねない。

それならば、思わせぶりな態度で好きなように想像してもらった方がいい――ということになった。

「それで……本日はどのようなお悩みでしょう？　予め申しておきますが、わたくし

ども が解決いたしますのは、島での生活全般に関わることでございます。個より公の改善に繋がるかどうかで判断いたします。ですので、内容によっては意に沿わないご返答になってしまいますことをご容赦ください」

「もちろんでございます。其方様のご身分を探ろうとは露ほども思っておりませんが、帝家の屋敷に住まうことができるお方ならばこそ、是非ともご尽力いただきたい」

それはつまり、帝家の御威光にすがりたいということだろうかと引っかかりを覚える綺晶だったが、ひとまず話を聞いてみることにした。

「ご相談したいこととは、この島での商売でございます」

「商売……ですか？」

「ご存じかと思いますが、この島に住まう島民の三割は隠居した諸侯でございます。残りは、そのご隠居の護衛であったり世話人です。我々鳳珠島の商業組合の商人たちも、それらご隠居と古くからの付き合いがある御用商人なのです。それがいささか問題でして……」

徐庵が言うには、この島では商売の幅が広がらない――というのだ。

「この島での商売は、基本的に御用聞きなのです。懇意にしている諸侯の方々から要望を聞き、本土の本店に連絡を取り、独自の輸送網で商品を届けてもらう――それだけなのです。それは……儂らのような〝商人〟という人種にとって、手足を縛られているに等しい状況なのです」

商人とは、単に商品の売り買いをしていれば満足するわけではない。

より手広く、より多くの富を。

最初は一人、二人の顧客しかおらずとも、徐々に販路を広げ、顧客を増やし、多くの富を得て世界を広げていきたい生き物なのだと言う。

しかしこの島では、それができない。

商売相手のご隠居は決まった商人と契約を結んでいる。それ以前に、この島での生活は自給自足が合い言葉だ。

すでに構築されている関係性に割って入るのは、労力に比べて返りが悪く、そもそも暗黙の約束事として顧客の横取りはご法度だった。

それなら店舗を設ければ——と考えるかもしれないが、それも難しい。

まず第一に、この島で生活する為の物資はすべて本土から輸送されてくるということ。

店舗を設けるにしても、店に並ぶ商品は本土から独自に輸送してこなければならない。その費用も馬鹿にできない。

次に、島内での日常用品の類いも御用商人が請け負っていること。わざわざ店舗を設けて商品を並べても、割高では売れる見込みは低い。

そして何より、この島は市場規模が小さすぎることだ。

「もし店舗を構え、商売ができたとしても島民だけで得られる利益は微々たるものです。ここでの商売で諸侯様方の覚えがよければ、本土で大きく成長できるかもしれませんが、島内は変わりません。島の経済はよくならないのです。それをなんとかしたい」

それが、商業組合の長、孫徐庵の抱える悩みだった。

「話はわかりました」

それは個人の悩みというよりも公人としての悩みであり、島の発展にも繫がる悩みだと綺晶は理解した。

「それで……徐庵様はどのような解決をお望みなのでしょう」

「鳳珠島の商業組合長としては、この島での商売を発展させたいのです」

それは、利益と思惑が絡む願い。

初っ端から重いのがきちゃったわね——と、綺晶は率直に思った。

＊　＊　＊

「——というような悩みでした」

徐庵との会見を終えた綺晶は、そこでかわされた会話をそのまま蘭華に伝えた。

「なるほど……商売かぁ」

話を聞いた蘭華は、腕を組んで「うぅーん」と悩む。

商売だの経済だのといった話は、蘭華にとってもっとも縁遠い話だ。その解決を——と言われても、パッと妙案が浮かぶはずもなかった。

「実際に話をした綺晶は、その組合長の話を聞いてどう思ったの？　何を求めているのかー……とか、こういうことをしたいとか、そういう意見は透けて見えなかった？」

「率直に申してもいいですか？」

「もちろん」

「私見ですが……現状に対する愚痴、という印象です」

「……というと？」

「実際、彼も心のどこかで諦めているというか……商人としての野望と矜持はあるけれど、ほぼ停滞したような状況に歯がゆさを感じている。でも、現状を変える方法が見つからない。そんな気持ちを吐き出したくて来た——と、わたくしは見ました」

なかなか辛辣な意見だが、そう思う理由もわからなくはない。

商売の専門家たる商人が長年抱えていた悩みだ。それを、商売とは無関係な人生を歩んできたとしか思えない、貴婦人然とした綺晶を相手に吐露したところで改善すると、本気で思っていたのだろうか。

徐庵自身、解決できるとは思っていないのかもしれない。

「そもそも彼は、帝家の屋敷に住んでいる身分の人だからこそ力を貸してほしい、と言ってましたけど……この島の仕組み的にそれは無理じゃないかと」

鳳珠島は国税が低く抑えられている分、国からの支援も必要最低限に抑えられている。そうすることで島民が「より良い暮らしを！」と奮起し、国が介入せずとも島を開拓させると睨んでいたからだ。

実際、そういう国政の思惑は的中し、島は自給自足ながらも、ご隠居たちが第二の人生を送る保養地として成り立った。

もし、徐庵が願うように国が介入して島の経済を発展させようとするならば、島の統治方針が変わるということだ。

その変化を商人以外の島民が求めているかといえば……果たしてどうだろうか。現状変更を嫌う人というのは、集団になれば必ずいるものだ。

そんな島民同士の軋轢を生むような変更をするほどの利点が、今のこの島にあるのか？　という話でもあった。

「うーん……あの、玲峰さんはどう思われます？」

この場には、徐庵と面会した綺晶の他に玲峰も同席している。

やはり蘭華が関わっている件である以上、大聖女の護衛役も担っている玲峰が外れるわけにはいかない。

「俺ですか？」

玲峰としては、よもやそんなことを聞かれるとは思ってもいなくて油断していた。

本来、警備で要人の側に立つ者は意見を求められない。とは言っても、聞かれたからには答えなければならないのも事実。

玲峰はしばし思案した後、「そうですね……」と自分の考えを口にした。

「商人の矜持や経済の話は……すみません、門外漢なのでなんとも言えません。ただ、この島で育った立場から言えば、働き口がないのは問題かと思います」

「働き口ですか？　でも、この島で暮らしているのは裕福なご隠居ですよね？　そういう方たちは、働く必要もないのでは？」

「いえ、この島で生まれた子供たちもいます。鳳珠島が故郷の子供たちです」

「――――っ！」

玲峰の言葉に、蘭華と綺晶は互いにハッとした。

確かに、この島には孤児がいる。玲峰自身がそうだったと、何かの会話でぽつりとこぼしたことがあった。

そういう子供たちの存在を、今の今まですっかり忘れていたのだ。

「この島で生まれる子供たちは、ご隠居に仕える使用人や護衛たちの子です。そういう子供たちは両親と同じようにご隠居の家に仕えるものらしいです。けど、中には様々な理由で捨てられる子供たちもいるんですよ」

そういう捨てられた子供たちを保護しているのが、玲峰が育った孤児院である。

そこで育った子供たちも、いずれは大人になる。いつまでも養ってもらう立場ではいられない。

「大きくなった子供たちは、院を支援している諸侯が仕事を斡旋してくれるんです。その流れで、ほとんどの子供たちは——特に男子は、島を出て本土に行くことになるんですよ。俺の場合は剣の腕前が認められて武官になれましたが、全員が全員、島を出たからって将来が約束されているわけじゃありません。中には島から出て行きたくないって奴もいましたよ。でも、この島じゃ仕事もないので……そういう理由もあって、徐庵殿の『この島での商売を発展させたい』との考えには賛成です」

「なるほど……」

玲峰の意見は、蘭華も綺晶も大いに頷くところだった。

この島に来て日が浅い彼女たちは、〝鳳珠島はご隠居の保養地〟という情報だけで考えてしまいがちだが、実際には少数でもこの島で生まれ育った人々もいる。

そういう人たちのためにも、この島で生活していくための仕事はあった方がいいに決まっている。

「……うん。できるかどうかわからないけど、なんとか徐庵さんの悩みを解決できるように、私たちで考えてみましょう。それが、この島のためにもなるわ」

蘭華のその一言で、徐庵の抱える悩み——島で行われる商売を発展させる方法を、前向きに探ることになった。

＊　＊　＊

「問題は〝商売を発展させる〟ってことよね。玲峰さんの話を踏まえて考えると、この島でなんらかの仕事があるといいって話になるんだろうけど……」

「……特産品を作ること……ですかね？」

ぽつりと、綺晶がそんなことを口にした。

「特産品？」

「他では手に入らない、あるいは他より優れた商品を島で作り、それを本土の方で売り出すんです。そうすれば特産品を作る製造の雇用が島内にできますし、島の外からお金を稼いでくるので経済も潤うんじゃないかって思うんですけど」

「おお、なるほど！　あ、でもそれだと、島内での経済活動は活発にならなくない？」

「うーん……一気に全部、というのは難しい気がします」

蘭華の指摘に、綺晶はしばし考えて反論する。

「そもそもこの島の住民で働き口を必要としているのは、鳳珠島で生まれた子供たちですよね？　そういう子たちが島内でお金を稼いでちゃんと生活できるようにすれば、本土に行く必要もなくなります。経済の発展は、そういう子たちに任せてもいいんじゃないでしょうか？」

「あー……それはそうかも。孤児院の子供たちはお金なんてもってないもんね。それじゃいくら欲しいものがあっても、買うことさえできないわ」

鳳珠島で商売が大きく発展しないのは、貧富の差が大きいことも理由の一つかもしれない。

島民の多数を占めるご隠居やその使用人、護衛などは金銭的な余裕がある。

ただ、そういう人たちは、欲しい商品があれば屋敷に出入りしている外商の商人を通して直接購入してしまう。

一方で、孤児院で生活している子供たちは働き口がないせいでお金もなく、欲しいものがあっても買うことができない。

結果、鳳珠島に店を開いても客は来なくて潰れてしまう。

まずはお金を持っていない貧困層に、欲しいものが買えるだけの収入を与えることが先だろう。そうすれば、いずれ島内で様々な商品の需要も高まり、販売してもちゃんと売れる下地が出来上がるはずだ。

「まずは本土からお金を引っ張ってくる必要があるわね。そのための特産品を作り出す――と。でもこの島、特産品になるようなものって何かあるのかしら？」

「その辺りは……どうですか玲峰さん？　本土のこととこの島の両方にお詳しい貴方から見て、『これは！』と思うものってあります？」

「え？　う、うーん……」

問われた玲峰は、しかし腕を組んで唸ることしかできなかった。パッと思い浮かぶものが何もなかったのである。

「綺晶、それは逆だと思うわよ？　帝都暮らしだった私たちだって、帝都で目を引く特産品みたいなものって知らないでしょ。地元だった人に特産品になりそうなものを聞くのは酷じゃない？」

それは確かにそうかもしれない――と、納得する綺晶だったが、しかしそれでは話が進まない。

「なら、蘭華様は何かあります？　この島で『これは！』って思うようなもの」

「え、私!?　う、う～ん……うぅ～ん……あっ！　お魚は美味しかったわ！」

「魚ですか？　あ～……確かに食材は特産品になりそうですけど……でも、本土に運ぶまでに腐っちゃうじゃないですか」

「干物とか燻製にしちゃうとか？」

「それも一つの手ですね」

「いや、でも」

と、そこへ玲峰が控えめに挙手しながら声をあげた。

「この島には漁師なんていないので、漁業訓練から始めることになってしまうんじゃないですか？」

「え？　でも、獲れたてのお魚が食卓に並んだことがあるんですが……」

「それは、この島に来てから釣りに目覚めた張家からのお裾分けだと思います。豊漁だったときに近所へお裾分けしてくれるんですよ。彼の家は漁船まで拵えて近海に出ている本格派ですが、けれど漁師のそれとは違う趣味の範疇です」

「うぅ～ん……」

だとすれば、海産物を特産品にするのは難しいなと結論づける蘭華だった。漁獲量はもちろん、漁師すらいないのでは商品となる魚が手に入らない。

「……そうだ。今、ちょっと思い出したんだけど、塩を作るのってどう？」

閃いた！　とばかりに、蘭華がそんなことを言い出した。

「塩、ですか？」

「ええとね、なんか本で読んだことあるんだけど、どっかの国では海水を煮詰めて塩を作り出す方法があるらしいのよ。ここは島だし周囲は海なんだから、同じようなことができるんじゃないかしら？」

「海水からの塩作りですか？　悪くないとは思いますが……煮詰めるんですよね？　その燃料はどうするんです？」

「え？　ね、燃料……？」

「だって、煮詰めるなら長時間火にかけることになるじゃないですか。その間、海水を熱し続ける燃料が必要ですけど、そんな余裕はないですよ」

「えっ、そうなの？」

「ええ、そうなんです」

綺晶の言葉を補うように、玲峰も同意する。

「この島では薪や石炭などの燃料も、本土に頼っているんです。日々の料理や風呂の湯を沸かすくらいなら問題ありませんが、海水を煮詰めて塩を作るほどの余裕は、さすがにないでしょうね」

「うぅ～ん、そうなんですね……」

蘭華としては割といい案を出したと思っていたのだが、どうやら少し考えが甘かったらしい。

よもや、この島での生活は、基盤となる燃料でさえギリギリだったとは。

今はまだ蘭華も不便を感じるほどではないが、何か一つでも歯車が狂えば、この島での生活は途端に苦しいものになりそうだ。

（燃料……燃料って火種になるものよね？　火種になるもの——）

「あ」

そこまで考えて、蘭華は再び天啓を得た。

「問題は燃料なのよね？」

「まぁ……塩を作るというのなら、一番の問題になるのはそれでしょうね」

「だったら、山の木を使わせてもらえないかしら？」

「え？　いやでも、山で木を切るのは無理でしょう。忘れたんですか？　あそこは動物どころか植物まで呪術を使う危険地帯なんですよ」

「だから、そんな動植物の元締めと交渉してみましょうって話」

「元締め？」

「そう」

首をかしげる綺晶に、蘭華は大きく頷いた。

「元締めの、樹木の精怪さん」

＊　＊　＊

樹木の精怪と交渉する。

そんな蘭華からの突拍子もない提案に、綺晶も玲峰も「無理でしょ」と否定的だった。

何しろ相手は精怪である。これまでの人類史で、ハッキリとした関わりが認められているのは両手で数えられる程度しかない。人からはもちろん、精怪からも干渉してこなかったのだ。

そんないつ会えるのかもわからない相手と交渉なんて、どう考えても不可能だと思っていた。

しかし、それでも蘭華は「やるだけやってみましょう」と言って聞かず、綺晶と玲峰も「そこまで言うのなら……」と、気が済むまでやらせてみることにした。

「樹木の精怪さーん、いらっしゃいますか～？」

山の奥深くまで入り込むことが危険なことに変わりはない。

前回、樹木の精怪と出会った場所まで行くのは認められず、比較的安全な山の麓で呼びかけ、それで反応がなかったら諦めるということになった。

　それで呼びかけてみたわけだが——。

「あら、どうしたの？」

　いきなり現れた。

　人と精怪は不干渉で没交渉な関係……などと論じた説はなんだったんだ？　と考えたくなるほどあっさりと、もったいぶることも焦らすこともなく、樹木の精怪は蘭華の呼びかけに応えて現れたのだった。

「来てくれてありがとうございます。お会いできてよかった。早速で申し訳ないんですけど、お願いがあるんです。山に生えている木を切ってもいいですか？」

「うん、ダメ」

　即答だった。

「えーっ、なんでですか⁉　確か、どこかのお家も山の木を切ってるじゃないですか」

「ああ、そういえばそうね。でもその人たちは、切った木の分、新しい苗を植えているのよ。それに、年に切り出す木材の数もちゃんと決めているわ。一方的だったけれど、そういう風に約束して今もちゃんと守っているから許しているの。けど、もし自らの言葉を違えるような真似をしたら、その時は容赦しないけれど」

確か孫家だっただろうか、森から木々を伐採しているところは。そういう事前の契約めいたことをしていたのかと、蘭華はともかく一緒に樹木の精怪の話を聞いていた綺晶や玲峰は納得した。

本人たちは厄除けや祈禱のつもりだったのだろうが、その誓いはしっかり木々に――その元締めである樹木の精怪に届いていたわけだ。

それは、曲りなりにも精怪との契約である。

孫家がどの程度の真剣味を持って約束し、伐採して苗を植えているのか知らないが、もし精怪との契約を違えるようなことになれば、想像を絶するような災禍が襲ってくるかもしれないと、考えるだけで背筋が冷たくなる。

「じゃあ、私たちもそうしますから！」

「ちょっと蘭華様!?」

そんな背筋が冷たくなるような精怪との契約を、その場の勢いで口走る蘭華に、綺晶は驚き慌て、口を塞いでおきたくなった。

ただ、幸いにも蘭華の申し出でも、樹木の精怪は首を縦には振らなかった。

「あのね、あなたたちは生長した大木を伐採したいんでしょう？　苗が大木に生長するまでどれだけ時間がかかると思っているの？　切った代わりに苗を植えたからって苗が生長する前に山が丸裸になっちゃうわ」

「むむぅ～……」

「というか、なんで山の木を切りたいのかしら？」

そういえば、その辺りの説明をまったくしていなかった。

樹木の精怪から言われて気づいた蘭華は、鳳珠島の特産品にするための塩作りで燃料がいる旨を伝えた。

「うーん……」

その話を聞いた樹木の精怪は、腕を組んで唸る。ところどころで人間臭い。

「これでも私は、それなりに人の営みに理解があるつもりよ？　だから、貴女の言うこともわかるの。ただ、やっぱりねぇ～……人を富ませるために木々を過剰に伐採してもらうのは困るわ」

「そうですかー……」

「でもその代わりに、別の特産品になりそうなものを教えてあげる」

「えっ!?」

「ちょうど、この辺り一帯の木々なんだけれど……」

樹木の精怪が手近にあった低木から、葉を一枚、ちぎって目の前にかざしてきた。

「これ、何か知っているかしら？」

そう言われても、葉っぱなんてどれも同じに見える。蘭華の知識ではちょっとよくわからない。

「なんですか？」

「この子、ヤマグワなの」

「ヤマグワ……？」

「あっ！」

名前を聞いてもピンとこない蘭華の代わりに、何かに気づいたらしい綺晶が声を上げた。こころなしか、その表情があからさまに嫌そうに歪んでいる。

「もしかして、いるんですか？」

「あら、気づいた？　ええ、もちろんよ」

綺晶の表情に気づいているのかいないのか、樹木の精怪は手に持っていた葉をくるっとひっくり返した。

そこには、もぞもぞと蠢く白いイモムシの姿があった。

「ひゅぎえぇぇぇっ！」

綺晶の口から、おおよそ普段の彼女からは想像もできないような悲鳴をほとばしらせながら、ぎゅうっと蘭華に飛びついた。

「ぐえぇぇぇっ！」

力任せに抱きつかれた蘭華の口から、好意を寄せる異性の前で出してはいけないような声が漏れる。

「ちょっ、何？　何なんなの⁉　どうしちゃったの、綺晶？」

「だっ、ダメ！　わたくし、ほんとイモムシみたいなひょろ長くてぐにゅぐにゅ動いてる生き物ダメなんですぅっ！」

「えぇー……？」

それなりに長い付き合いになる親友の弱点が、思わぬ形で判明した瞬間だった。さすがの蘭華でも困惑を隠せない。

「えっと……樹木の精怪さん。そのイモムシ、なんなんですか？」

対して蘭華は、比較的グロテスクと評されるものでも割と平気だ。それよりも直視に堪えないような現場を、医療院で何度も見ている。

なので、割と平然とした態度で、イモムシなんかを急に差し出した樹木の精怪にその意図を聞いてみた。

「これ、蚕よ」

「カイコ？」

「確か、貴女たちはこの子が繭にする糸を重宝しているんじゃなかったかしら？」

重宝してるもなにも、蚕の糸は絹である。なめらかな肌触りに宝石のような光沢を放つ最上級な生地だ。

蘭華も、本人に自覚はなくとも周囲からの評判なり立場から、絹の衣類を着るようにと勧められたこともある。

それで購入したこともあるのだが、とんでもない値段だった。とてもじゃないが日常使いなんて出来ないし、かと言って着ていく場所もないので、今では箪笥の肥やしとなっている。

そんな絹の素が蚕の糸だということを小耳に挟んだことはあるが、こんなイモムシだったのかと驚いた。

「それにね、この島の蚕は〝道〟を宿しているの。ほら、いちおう森の中だからね？だからこの子が吐き出す糸を束ねて編めば、霊銀と同程度の頑丈さになるし道の通りもよくなるのよ」

「は？」

思わず間の抜けた声が出てしまった。それほどまでに、樹木の精怪の一言は蘭華でさえ衝撃を受けるものだった。

霊銀と言えば希少な呪術金属である。

武器として加工すれば、呪術の威力——すなわち、万物の自然現象に対する干渉力が増加し、例えば燐寸ほどの火種から火山噴火に匹敵するほどの熱量にまで引き上げることができたりする。

また、防具として加工すれば軽くて丈夫なことに加え、耐熱、耐寒性能に優れ、他者からの呪術攻撃効果を軽減させる効果を持つ。

ただしその採掘量は極めて低く、平均的な地金一つでちょっとした地方諸侯の領地を三年は賄えるほどの金額になる。

そんな霊銀と近しい性質を持つ絹を、この森の蚕は吐き出す。

それを養蚕して安定した採取ができるようになれば……島の特産物どころの話ではない。世界の技術や産業が一変する。

「いやでも、ちょっと待ってください。蚕って野生でいるものなんですか？　や、私も本で読んだ知識くらいしかないんですけど、自然の中だと生きられないほど脆弱な生き物だって記憶してて……なんでこの森の中にいるんですか」

「さあ？　その辺りのことは私にもわからないわ。もしかすると、この蚕は貴女の言う蚕とは別種なのかもしれないわね。ただ、蛹になるために作る繭は絹っぽいから、同じように使えるんじゃない？　餌も桑の葉みたいだし」

話を聞く限りだと、そういうところは確かに蚕っぽい。蘭華が本で読んだ記憶と一致する。

「森の木を伐採されすぎるのは困るけど、ヤマグワの葉を餌に持っていくために枝を折るのは大丈夫よ。なんだったら、この群生地まで行き来する際には動物に襲われないように植物が護衛するようにしておくわ。とりあえず、これが塩作りの代替案として提案する話。どうする？」

「蚕、育てます！」

蘭華の決断は即決だった。

しがみついている綺晶が「嘘でしょ!?」とばかりに不満の声を上げたが、こればっかりは仕方がない。霊銀に匹敵する性質を持つ絹を恒久的に得られる機会なのだ。島の発展……いや、世界の技術革新のために、ここはひとつ、綺晶には我慢してもらう他なかった。

「じゃ、決まりね」

かくして、鳳珠島で養蚕業が始まることになった。

＊　＊　＊

いきなり養蚕を──といっても、なんの準備もせずに挑むのは無謀というもの。いちおう、その場で樹木の精怪から蚕の幼虫を三十匹ほどもらったが、それをどうすればいいのかさっぱりわからない。

それに、養蚕をやると決めた時点で綺晶を頼れなくなってしまった。

どうやらイモムシの類いは本当にダメなようで、「養蚕をするつもりならご協力できませんっ！」と、いつになく頑（かたく）なな態度で断られてしまったのだ。

「うーん、困ったわ。養蚕ってどうやればいいのかしら？」

いっそのこと、徐庵に蚕を渡して「これで養蚕をしてください」と丸投げしようかと思ったが、それは玲峰から止められた。

というのも、この蚕の繭は単なる絹ではなく、束ねれば霊銀に匹敵する糸となり、生地になるからだ。

そんな代物を、確認もせずにあっさりと市井に流すわけにはいかない。樹木の精怪の言葉を疑うわけではないが、まずは自分たちでどれほどのものか確かめてからにしないと、どんな騒動に発展するかわかったものではなかった。

まずは少量でも自分たちで育て、採取し、採れた絹がどれほどのものなのか確かめてからでないと、危なっかしくて他所に任せられない。

しかし――。

「養蚕に精通している人の助言は必要だと思います。飼育は屋敷でするとしても、徐庵氏に協力を仰いで養蚕に詳しい人を派遣してもらうというのはどうでしょう？」

玲峰はそんなことも言ってくれた。

せっかく譲り受けた蚕を、このまま適当に育てて全滅させたら意味がない。

「なるほど、それは確かに良い手かもしれません！　あ、でも……養蚕では綺晶の協力を仰げないので、私が徐庵さんとやり取りをすることになってしまいますが……それはよろしいんですか？」

「これぱかりは……致し方ないかと」

玲峰も立場的に難しい判断を下さねばならなかった。

大聖女の居場所を島民に知られることと、世界のさまざまな分野に影響を及ぼすであろう夢の素材を天秤にかけねばならなかったのだから、無理もない。

ただ、それでも養蚕の方を取ったのには理由がある。

蘭華が望んでいたから——というのが一番の理由だ。何よりもまずは、蘭華の意思を尊重したいと思った。

また、蘭華はこれからも鳳珠島で生活していくことになる。

そんな中で、いくらなんでも島民の誰一人に気づかれることなく過ごしていくのは無理がある。いずれどこかで島民に蘭華の存在を知らせる時が来るはずだ。

ならば、これを機に〝商業組合の長〟という明確な立場を持つ相手に、ちゃんと口止めをした上で伝えておくのも悪くはないだろう——という思惑もあった。

かくして蘭華は、商業組合の長である徐庵を、玲峰が住居にしている離れではなく屋敷の応接間に招くことになった。

「改めて、以前は聖女をしていた蔡蘭華です。訳あって姿を見せることができず、失礼いたしました」

「…………………」

座ったままとはいえ、蘭華が余所行きの態度と所作で挨拶をしたものの、対する徐庵はあんぐりと口を開いて固まっていた。

「……あのぉ～……？」

不安になって声をかけると、徐庵はハッと息を呑んで再起動する。

「こっ、これは失礼いたしました。よ、よもや大聖女様がお出ましになるとは夢にも思わず……！」

「そうですよね。よもや帝都を去った私が、鳳珠島の帝家のお屋敷に暮らしているなんて、夢にも思わないですよね……」

ハハハ、と乾いた笑みを転がす蘭華。

帝自らの沙汰で帝都を追放された自分が、よりにもよって帝家の屋敷にのうのうと暮らしていれば、徐庵でなくとも困惑するのは当然だ――などと思っている。

実際はその逆で、徐庵は大聖女本人が目の前にいることに驚きと感動の念を抱くとともに、帝以外が帝家の屋敷で暮らすのならば大聖女を措いて他にないと納得さえしていた。

何しろ彼は、大聖女が帝都を去る理由ともなった『体調不良による療養のため』という国が発表した内容を知っており、大聖女の治癒能力は本人の生命力と引き換えに行使されていたものだと信じているのだ。

つまり徐庵の目には、自らの命を削って数多の命を救ってきた尊敬すべき慈悲の女神として、蘭華の姿が映っている。

それ故の驚きと感動だった。

「事前に『今回の会合は口外してはならぬ』との宣誓書に署名を迫られた時は何事かと思いましたが……」

「ご存じかもしれませんが、今の私は天子様御自らの命で、みだりに癒やしの力を使うことはできません。この島にいることも内密の話。その代わり……と言ってはなんですが、この島で暮らす皆さんが少しでも心安らかに、豊かな生活ができるよう尽力したいと思っています」

「おお……なんという慈悲と友愛のお心か！　貴女様こそまさに聖女の中の聖女……大聖女の名に相応しいお方。この徐庵、敬服いたしました」

「えぇ……？」

いきなり椅子から立ち上がり、床に膝を突いて深く頭を下げられても、蘭華としては戸惑うしかない。

「お顔をお上げください、徐庵さん。そんな態度を取られてしまっては、これからお話しする本題が伝えられません」

「本題、と申しますと？」

「ご相談にいらっしゃったではありませんか。この島での商売を発展させたい――と。それに関しまして、私どもで〝これは〟というものを見つけました」

椅子に戻った徐庵に、蘭華は玲峰に目配せをして机の上に木箱を置いてもらった。

「これは……？」

「こちらの木箱の中には、蚕が入っております」

「蚕ですと!?」

さすがは商業組合長と言ったところか、〝蚕〟と聞いただけでその価値にピンときたらしい。

「蚕と申しましても、我々が知っている蚕とはやや違うかもしれません。何しろこれは、山の中で見つけたものでして」

ここはあえて、〝見つけた〟と蘭華は言った。確認してないのでなんとも言えないが、樹木の精怪のことは口外しない方がいいと判断したためだ。

「森の中で……それはなんと危険なことをなさったものです。しかし……蚕とは、なるほど、それだけの危険を冒した価値はありそうですな」

「そうです、私はこちらの蚕から採れる絹を、この島の特産品として本土に売り出せればと考えております。そうすれば島のご隠居の方々以外の島民――孤児などの島で生まれ育った方々ですが――彼らが豊かになり、いずれ島内での需要も生まれ、ゆくゆくは経済も潤うのではないかと思いまして。ただ……そこへ至るためにも、まずはこの蚕からどれほどの絹が採れるのかを確かめねばなりません」

「なるほど……それは確かに仰る通り。森の中で見つけたとのことですが、だとすれば本来養蚕で飼育される蚕とは別種やもしれません。採れる絹の質を確かめねば、商品にできるか否かの判断もできぬ……そういうことですな？」

「え、ええ、まぁ……そういうことです」

実際は、採れる絹が霊銀に匹敵する夢の新素材とわかっているのだが、その点についても今この場で語ることはできない。もし言えば、「なんでそんなことを知ってるんだ？」となって説明がより一層、難しくなる。

徐庵が上手い具合に勘違いしてくれたので、その流れに乗ることにした。

「ですので、まずは当屋敷において小規模ながら養蚕を行ってみたいと思うのです。ただ、こちらには養蚕を行う知識も道具も何もありません。ですので……如何でしょう、商業組合には人や道具の支援をお願いしたいのですが」

「ふむ……」

蘭華の言葉に、徐庵は考える素振りを見せたが、すぐに「わかりました」と頷いた。

「ただ……いくつか解決しなければならない問題もございます」

「と、申しますと？」

「機材はご用意できると思います。問題は人材です。こちらの屋敷へ派遣する手前、どうしても大聖女様のことを伝えねばなりません。もちろん、信頼のおける口の固いものを用意いたしますが……」

確かに、こちらの素性を明かさずに絹が採れるまで働いてもらうのは無理がある。ちらりと玲峰に目を向けて確認を取ってみれば、小さく頷いてくれた。

「私のことを伝えるのは構いません」

「ご配慮痛み入ります。それと、養蚕の道具や絹の採取を行う職人の協力もはずせません。職人組合にも話を通すことになります。もちろん、その際には職人組合の長に儂が直接通すことにいたします」

「それも問題ありません。いずれは養蚕を島全体の主産業にできればと考えておりますので、ある程度の役職の方には事前に話を通しておくのが良いと、私も思います」

「かしこまりました。そして最後に……蚕を飼育する場所の問題ですな。寒すぎてはダメだと聞いたことがあります。理想は春の陽気に近い気温で、かつ空気にもそれなりの湿り気が必要とのこと。餌となる桑の葉が萎れにくい環境が良いらしいのです。

そのような場所はございますかな？」

「え？ う、う―ん……そうですね」

そんな場所が屋敷にあっただろうか？ 蘭華は考えてみる。

どこかの部屋はダメだろう。綺晶が絶対に嫌がる。

玲峰が住居にしている離れは論外だ。そこまで甘えるわけにはいかない。

そうなると、残るのは――。

「納屋ならば……少し手入れすれば大丈夫と思うのですが」

「納屋でございますか。ふむ……よろしいのではないかと。今はまだ試験の段階、気温と空気の湿り気にさえ気をつければ問題ないと思われます」

納屋には山で拾ってきた元呪いの卵が安置されている。そのことはちゃんと覚えているのだが、他に場所がないから仕方がない。

ともかく徐庵からの協力を無事に取り付けられたこともあり、屋敷で養蚕計画が動き出すことになった。

＊　＊　＊

徐庵の斡旋で養蚕の協力をしてくれる職人が三人やってきた。

その三人は全員女性でまだ十代のようだ。聞けば三人は姉妹らしく、長女が杏珠（あんじゅ）十六歳、次女が詩愛（しあ）十五歳、三女が美鈴（めいりん）十三歳とのこと。実家が養蚕業を営んでおり、この島には諸侯たちの服を修繕する服飾職人としての修業に来ていたらしい。

そんな彼女たちが言うには、蚕の世話は女性の仕事らしい。

繭が採れるまで蚕の世話は女性が行う。

代わりに男性は、蚕の餌となる桑の葉を集める。

昔からのしきたりでそうなっているようだ。ただ今回は男性がいないので、桑の葉集めも三姉妹が行うと申し出てくれた。

そんな経験者が言うには、蚕の成長は速く、卵から孵化（ふか）すれば一ヶ月半ほどで成虫となり、一生を終える。

今、手元にいる蚕はすでに卵から孵っているがサイズも小さいので、生まれてから四、五日ほどだろうと見ている。ここから順調に育てば、二十日ほどで繭になるらしい。

つまり、時間がない。

そこで三姉妹は、大聖女蘭華との対面に感動するのもそこそこに、早速蚕育成の環境づくりに動き出した。

役割としては、詩愛と美鈴が納屋の整理をして、蚕を育てられる環境づくりに取り組む。一方で長女の杏珠は、蚕の餌となる桑の葉を集めて来る。

ただ、桑の葉は山に入ってヤマグワの葉を摘んでこなければならない。

蘭華や玲峰は樹木の精怪との契約が成立していることを知っているが、杏珠はそうではない。

〝桑の葉を摘みに行く〟というのは、生きて戻れるかわからない山へ入ること――命がけの作業と思っているようだ。

蘭華がいくら口で「大丈夫ですよ」と説明しても、やはりなかなか信じてもらえなかった。

そこで蘭華は、自分も一緒に桑の葉摘みに行くことにしたのである。

「そんな！　大聖女様にそのような真似をさせるわけには……」

同行すると言う蘭華に、杏珠は驚きと戸惑いの態度を見せる。〝桑の葉摘みなんて雑務を大聖女にやらせるわけにはいかない〟という気持ちと、〝危険な山の中に同行してもらうなんてとんでもない〟という気持ちの表れだ。

けれど蘭華は「危険だと言うのなら、私が一緒ならどんな怪我もすぐに治せるから逆に安全よ」と言い、さらには玲峰も同行するのでなんの危険もないと言い含めた。

杏珠にしても、大聖女付きの武官が同行するなら大丈夫だろうと納得。もともとヤマグワの群生地を教えてもらうこともあり、蘭華とともに山へ登ることを了承した。

「蚕はまったく寝ずに桑の葉を食べ続けるんです。今は三十四と少ないですけど、餌は多くて困るっていうことはないと思います」

　そんな説明とともに渡されたのは、深さ三十センチほどの腰に吊り下げられるような籠だった。

「ひとまずは、その桑摘み籠いっぱいに葉を集めてください。枯葉じゃダメなので、木から直接摘んでくださいね」

　そう言う杏珠は、蘭華に渡した桑摘み籠よりもさらに大きい——背負うような大籠を担いでいた。

　そんな一行が山へ足を踏み入れたが、当然のことながら危険な目に遭うことはなかった。野獣が襲ってくることはないし、それどころか予め道を整備していたかのように歩きやすく木々や草木が退いてくれている。

「山の中は危険だと聞いていたんですけど……意外と普通ですね？」

「そ、そうなのよ！　山は危険だって私も聞いていたんだけれど、全部が全部、危険なわけじゃなかったのよね！」

　杏珠の言葉に、蘭華はこれ幸いとばかりに乗っかることにした。

「蚕を見つけたヤマグワの群生地が、ちょうど山の中で比較的安全な場所だったみたいなの。だからほら、ここまで野獣に襲われることもなく安全に来られたでしょう？」

そういうことにしておけば、今後、杏珠や他の者がヤマグワの葉を摘みに来ることになっても、決死の覚悟を毎回抱かずに済むだろう。

「山の中の安全な場所を見つけ出してしまうなんて、さすが大聖女様ですね！」

「いやあ……あは、あははは」

何が〝さすが〟なのかよくわからないが、杏珠が安心してくれるなら、まぁいいかと思うことにした。

そうこうしてたどり着いたヤマグワの群生地では、杏珠からの指導で桑の葉摘みが始まった。

「実家では、まず枝を落として葉を摘んでいたんですが、今はまだそんな大量に葉が必要なわけではありませんし、低木なので手の届く範囲から葉を摘めばいいと思います。あと可能であれば蚕小屋の近くに桑畑を作りたいところですね」

そんな話をしながらも、次々に葉を摘んでいく杏珠。その動きはさすが熟練者と言ったところか、驚くほど正確で速い。

蘭華が腰に吊るしている桑摘み籠がいっぱいになる頃には、杏珠のほうは背負い籠いっぱいに葉を摘んでいた。

「ひとまずこれだけあれば十分です。大聖女様、それに武官様、お付き合いくださいましてありがとうございます」

そんなお礼を言って、杏珠は桑の葉でいっぱいになった籠を軽々と担ぎ上げた。

体力もそうだが力も強いようで、たくましいことこの上ない。

下山して次にやるべきことは、蚕が桑の葉を食べやすいように刻むこと。

蘭華はそれも一緒にやるものだと思っていたが、三姉妹から止められた。

なんでも「これ以上、お手をわずらわせるわけにはいきません。養蚕の仕事をするために来たのだから、その仕事を取られては困ります」ということらしい。

実際、三姉妹は職人組合から派遣され、商人組合から給金が支払われている。

そして、その給金は蘭華——もっと具体的に言えば、蘭華が鳳珠島で暮らす資金を崩して支払われている。

つまり、大きな括り（くくり）で言えば、蘭華は三姉妹の雇い主なのだ。

三姉妹は衣類の直しなどを請け負う服飾職人の弟子という形でこの島に来ていた。

まだ師の下で修業を行う立場だが、それでも〝なんの成果物もなく給金を受け取るわけにはいかない〟という、職人としての矜持は持ち合わせている。

この養蚕でも同じだ。

やるべきことをやらずに給金だけもらうわけにはいかない。あまつさえ、雇い主も同じ仕事をする——できるのなら、〝職人〟を名乗る自分たちがいる意味はない。

そう思っている節があった。

その時の三姉妹はなかなかの迫力で、蘭華も「わ、わかりました……」と素直に引き下がることしかできなかった。

結果、あとの作業は三姉妹に任せきりだ。なんとも手持ち無沙汰である。

しかし、そうは言っても日々の経過報告は上がってくる。

蚕の飼育状態の善し悪し、餌である桑の葉の消費量、飼育環境の問題点などなど、細かいトラブルはあるものの、報告書を読んだり、時には実際に確認してみたりすれば順調に育っているようだ。

そして、そろそろ蚕が蛹になるかという日が近づいた──その日に、三姉妹の次女詩愛が、慌てた様子で蘭華のところに駆け込んできた。

「たたた大変です大聖女様！　蚕小屋が！　蚕小屋がぁ〜っ！」

「へ？　な、なになに？　どうしたの？」

朝食を済ませてまったりしているところに慌てふためく詩愛が現れて、寝椅子で横になってくつろいでいた蘭華は驚いて飛び起きた。

「蚕小屋の中がっ！　なんて言うかっ！　その……なんて言うか！　とっ、とにかく来てくださいっ！」

まるで要領を得ない慌てっぷりで、言葉の説明を放棄した詩愛に手を引かれて納屋だった蚕小屋に向かう羽目になった。

とにかく、言葉で説明できない事態になってるようだ。

訳もわからぬまま元納屋の蚕小屋に来てみれば、長女の杏珠と三女の美鈴が抱き合って青い顔をして震えている。

「らっ、蘭華様！　小屋の中が……あの、なんて言ったらいいのか……とっ、とにかく中が大変なことになってるんです！」

次女だけでなく、長女も混乱しているようで要領を得ない。三女に至っては杏珠にしがみついて怯えており、口も利けないようだった。

「小屋の中……？」

蘭華が理解できたのは、〝蚕小屋の中が大変なことになっている〟ということだけだった。

それならもう、自分の目で確かめてみるしかない――と思って足を動かそうとしたその時、「ちょっと待ちなさい！」の声とともに、背後から抱きつかれるように引き止められた。

「きっ、綺晶!?　なんでここに!?　というか、びっくりしたわよ！」

養蚕を始めてから、ひょろ長くてぐにゅぐにゅ動く生き物がダメな綺晶は蚕小屋になった納屋に近づくことはなかった。

それが急に現れたのだから、蘭華でなくとも驚くのは当然である。

「びっくりしたのはこっちです！　なんで蘭華様ご自身で確認しようとしてるの⁉」

「そうです、蘭華様！」

怒鳴る綺晶に同意するのは、同じく騒ぎを聞きつけて駆けつけた玲峰だ。

「いや、本当に駆けつけて良かった。まさかご自身で小屋の中に入ろうとしているとは……」

「えっ？　いやでも、姉妹たちが小屋の中が大変だって言うので……」

「だからと言って、蘭華様が飛び込まれては俺が困ります。俺は、貴女の護衛でもあるのですから」

玲峰にも怒られた――というよりも、呆れられてしまった。

確かに、こういう時は自分でなんとかするよりも玲峰に頼った方がいいのかもしれない。蘭華だって、自分の担当患者が治療の間に勝手をされては困ってしまう。

「うぅ……すみません……」

「こういう時は、すぐに俺を呼んでください」

そう言って、玲峰は蘭華を押し留めて後ろに下がらせ、利き手で剣の柄を握りながら蚕小屋の扉に手をかけた。

そして、勢いよく扉を開いた――その直後。

「うわっ！」

玲峰が扉を開け放った瞬間、中からおびただしい量の絹が溢れ出してきた。それを見ていた三姉妹は、そろって悲鳴を上げる。

無理もない。その量は尋常ではなかった。

まるで小屋の中から吐き出されるかのように、扉を開けた玲峰を呑み込もうとするように絹が溢れ出してきた。

というか、実際に玲峰は絹に呑み込まれた。

「玲峰さん!?」

「ふっ、増えてる……！」

蘭華が驚きの声を上げるのと、杏珠が愕然(がくぜん)とした声を漏らすのは同時だった。

「蘭華様、絹の量が増えてます！」

「えっ？」

「私たちが小屋の中を確認したときは、多かったですけどこんな溢れ出すほどの量じゃなかったんです！　なんですか、これは!?　なんなんですか、いったい！　私たちは何を育てていたんですか!?」

長女の杏珠が混乱したままで問いただしてきた。

言葉にすれば〝絹の量が多すぎる〟だが、未知の現象は時に人へ恐怖を与えるものだ。そういう混乱だった。

しかし、そうは言われても、蘭華だって蚕だと聞いている。これほどまでに大量の絹を吐き出すなんて、夢にも思わなかった。

何故これほどまでに絹ができているのか、さっぱりわからない。

すると、絹から剣閃が奔り、玲峰が無事な姿で這い出てきた。

「だっ、大丈夫ですか!?」

さすがに蘭華も遠くで見守っていられない。押さえていた綺晶を振り切って玲峰の側まで駆け寄った。

「げほっごほっ……! え、ええ、特になんともありません。しかし、この大量の絹は……む」

玲峰が、目の前の変化に目を眇めた。

斬り裂いた大量の絹が光の粒子となって消えたのである。

消えたのは、玲峰を呑み込んで斬られた絹だけではない。小屋の中の絹も、潮が引いていくように端から消えてなくなった。

「実体がない……幻? いや、手応えはあったが……まさか」

独り言ち、何かに気づいたのか、玲峰の顔色がさっと変わる。

「どうなさったんですか?」

「蘭華様、先程の絹のように見えたものですが……あれはもしや、道(タオ)が具象化したものかもしれません」

「……はい？」

「いや……道でなかったとしても、少なくとも本物の絹ではないということです。手応えがあまりに妙だった。それに、跡形もなく消えてしまった現象は、なんとも説明のしようがありません」

「で、でも……」

道が具象化する——そんなことがあり得るのだろうか。

そもそも道は目に見えるものではなく、ただ〝ある〟と存在が確認されている力だ。それが水や炎に干渉することで操れるようになり、勢いも増大する。

しかし、道そのものが目に見える形になる——というのは聞いたことがない。

（……あれ？　でも——）

そこまで考えて、蘭華ははたと気づいた。

道は天然自然の〝もの〟に干渉して操る〝力〟だ。

天然自然のものとは、火や水だけではない。極端な話、人間の体も突き詰めれば〝天然自然のもの〟であり、だから呪術には相手の動きを束縛したり、あるいは筋力や反射速度を高めるものもある。

であれば、蚕が吐き出す絹も天然自然のものといえる。道が絹に干渉することも、あり得るのかもしれない。

ただ、そうなると〝絹に干渉した道はどこから来たのか？〟ということになる。

炎や水ならともかく、確固たる物質として存在する絹と同等の姿を形成するほど莫大で高密度の道なんて——。

「卵!?」

唐突に思い出した。

いや、まるっきり忘れていたわけではないが、道だの物質への干渉だのと考えたことで、意識の表層まで卵のことが浮かんできたのだ。

これだけ大規模に道が絹に干渉したというのなら、同じ場所に安置していた卵にもなんらかの影響があるかもしれない。

それに気づいた蘭華は居ても立ってもいられなくなって、綺晶や玲峰の制止する声も聞かずに蚕小屋の中へ飛び込んだ。

「卵は無事!?　卵は……たま——え？」

蚕小屋の中に飛び込んだ蘭華の足元で、カツンと何かがぶつかった。

見れば、それは人の爪ほどの厚みがある、つるりとした硬い板状の欠片。

それが割れた卵の欠片と気づいた時、蘭華は顔色を青くした。

しかし、顔色を青くしたその考えは、まったく見当外れだったとすぐに気づく。

もぞり——と、動く影が見えた。

卵の欠片は、単に割れたのではない。孵ったのだ。

ならば、生まれて来たのはいったいなんだったのか——目を凝らし、影を凝視すれば、それは人の形をしているように見える。

大人ほど大きくはない。蹲って（うずくま）いても、子供くらいだとわかる。

しかし、それは人間の子供ではなかった。一目瞭然でそれがわかる。

背中に、翼が生えていたからだ。

鳥の翼とは違う。毛はなく、革を張ったような、それはまるでコウモリのような翼を持つ子供が、生まれたままの姿で蚕小屋の中にいた。

「生まれた……まま、の……すが、た？　生まれ……うま……うっ、生まれたぁ!?」

割れた卵の殻、翼の生えた裸の子供。

ちょっと落ち着いて考えればすぐにわかる。

この子供は、山の中で見つけた呪いを集める卵から孵った子供だ。しかも、どうやら男の子らしい。

けれど、それがわかったところでなんの解決にもならない。

この、生まれたばかりなのに人の子供と変わらぬ姿にまで成長している翼人（？）

を前に、蘭華にできることといえば身動きがとれずに固まることだけだった。

「…………………」

見つめ合う蘭華と翼人の子供。

「……は」

先に口を開いたのは、子供の方だった。

「──母上……？」

「母上じゃないわよ!?」

反射的に、思わず食い気味で否定してしまった。事実として違うのだから、何も間違っていない。

何より、未婚の蘭華にとって〝母上〟呼ばわりされるのは、ちょっと耐えられない。

しかし、そんな乙女の繊細な心の機微を、見た目は五歳くらいだが下手をすれば生後まもなくの子供にわかるはずもない。

途端に、表情をクシャッと歪ませた。

「えっ？　わっ、ちょっ──」

「蘭華様！　ご無事ですか!?」

子供が今にも泣き出しそうな、まさにそのとき、外から玲峰が大きな声を上げて蚕小屋の中に飛び込んできた。

よほど心配したのだろう。その大きな声は、今にも泣き出しそうだった翼人の子供の感情の最後のひと押しになった。

「びぇぇぇぇぇぇぇぇぇぇぇぇぇぇっ！」

空気がビリビリ震えるほどの大絶叫。

翼人の子供のギャン泣きが、島を、下手をすれば海を渡って本土側にまで届いているのではないかと思えるほどの声量で、響き渡った。

＊　＊　＊

当たり前のように続く平穏な日常が崩れる時は、いつだって突然だ。

前兆のようなものはない。あとになって「もしかしてあれが？」と思い当たる節が出てくることはあっても、日常から非日常に切り替わった瞬間に理解するのは難しい。

だからそれは、永翔帝国に住む人々にとって、なんの前触れもない理不尽で不条理な突然の出来事だった。

まず最初に起きたのは、地の底から響いてくる地鳴り。直後に、めまいを起こしたかのようにグラリと揺れる。

それだけならまだ、日常を失うほどの大惨事ではない。代わり映えのない日々にちょっとしたアクセントを加えるスパイスくらいだろう。

だが、次に起きたことは永翔帝国に住まう人々の度肝を抜いた。

帝都からかろうじて見える魔の山が、煙を吹いたのである。

黒い、真っ黒い煙が、山の頂から空へ昇った。その様子は、帝都にいるならば目を向けただけで気づくほど勢いよく吹き出しているのがわかるだろう。

その事態に慌てたのが九龍帝と彼の助言機関である元老院——いわば国の為政者たちである。

「いったい何が起きたのだ!?」

議会に九龍帝の荒らげた声が響く。だが、その問に答えられる者は誰一人としていない。

帝も、魔の山で何かが起きたことは察している。

そして、そこには調査隊を配置し、発見された巨大な妖獣——神代の時代の神獣かもしれない存在の監視を継続していた。

しかし、この時代において距離が離れた場所の状況を時差なく知る術はない。

故に、王の問へすぐに答えられる者はいなかった。

「天子様、ご報告申し上げます!」

だが、距離の離れた場所の情報を子細に知る方法はなくとも、予め取り決めていた合図を送り合うことで、おおよその事態を知ることはできる。

例えば――そう、魔の山で発見された神代時代の神獣とおぼしき巨獣が何らかの動きを見せた際には、ひと目でわかる色付きの狼煙(のろし)を上げたりすることだ。

「魔の山から吹き上がる黒煙の中に、赤い狼煙を確認いたしました！」

その狼煙が確認されたと言うのなら、この異変は神代時代の神獣が引き起こしたものである可能性が高い。

「よし。ならばすぐに神獣対策の――」

神獣の発見以降、万が一の場合に備えて対策の準備はしてきた。

しかし、相手は人類がこれまで遭遇したこともない神代時代の神獣である。いわば未知の存在だ。

どれほどの対策を立てようと、それが必ずしも有効な手段とは限らない。

何より――。

「――っ!?」

突如として窓の外が暗くなった。太陽が隠されたような変化に、帝を含め議会にいる全員に緊張が走る。

「ご報告申し上げます！」

　そこへ駆け込んできた一人の兵士。顔色は真っ青になっている。

「そ、空に……帝都の上空に暗雲が現れ、その中に巨大な飛行物体を確認いたしました！」

「なっ、なんだと!?」

　その言葉に、九龍帝は反射的に窓へ駆け寄った。周囲の者たちが止める暇もないほど反射的な行動だった。

　どんな危険があるのかわからない状況で飛び出すのは愚の骨頂だと蔑まれるかもしれないが、兎にも角にも自分の目で確認しなければ——確認できるならば、自らの目で確かめねば始まらない。

　窓を開け放ち、身を乗り出して空を見上げたその時だ。

「なんと……！」

　九龍帝の目には、暗雲の中にあってもそれとわかる漆黒の巨獣が、巨大な翼をはためかせて空を駆る姿が飛び込んできた。

「あ、あれは……なんだ……？」

「天子様、危険です！」

　窓に張り付く九龍帝を臣下が引き離した直後、上空から叩きつけるような突風が衝撃波となって議会のある王城を大きく揺らした。

しかし、それだけだった。それ以降、特に大きな変化はなく、徐々に窓の外が明るくなっていく。

「天子様、件の飛行物体は南東の空へ飛び去ったようです」

暗雲の様子を監視していた兵士の言葉に、議会にいる一同は、ひとまずは帝都を襲撃しに来たわけではないと判断し、そろって胸を撫(な)で下ろした。

だが、その中で九龍帝だけが顔色を変えた。

暗雲の中に見えた巨獣が向かったのは南東の方角。

関係があるのかわからないが、その方角には大聖女蘭華が養生している鳳珠島がある。

違うと思いたい。

だが、万が一ということもあり得る。

そんな〝万が一〟を想定して動くのが、帝の役目だ。

「すぐに兵を集めよ！　帝都から去ったとはいえ、油断はできん！　追跡隊を組み、神獣の行方(ゆくえ)を追え！」

九龍帝の号令に、一瞬緩んだ緊張の糸が再び引き絞られた。

＊　＊　＊

蚕小屋に玲峰が大声を上げて飛び込んで来たことでギャン泣きした翼人の声は、その存在を外にいた綺晶や三姉妹にも気づかせるに十分なものだった。もしかすると、屋敷の使用人たちはもちろん、島内の全員に『えらい大声で泣く子供がいる』という認識を抱かせたかもしれない。

仮にそうだとしても、翼人の存在を公に認めて発表なんてできるわけがなかった。そもそも、翼のある人類種は存在しない。少なくとも、蘭華は見たこともないし、聞いたこともなかった。

そんな現実を前に、翼を持つ子供の存在を島民に知らせるのは無理だ。

何より、卵から孵った翼を持つ子供なんて、島民の全員が受け入れてくれるとは到底思えない。

(ひとまずは屋敷に匿う方向で……いやでも、外には三姉妹がいるから……というか、玲峰さんはどのように思って……?)

蘭華は、ちらりと玲峰の姿に目をやった。

やはり、目を見開いて驚いている。幸いなのは、腰に佩いた剣に手をかけていないことだろうか。

　それはおそらく、驚きすぎて武器に手を伸ばさなかった——と言うよりも、武器に手を伸ばさなくても大丈夫と判断しているのだと思う。

　どういうところでそう判断したのか蘭華にはわからないが、翼人の子供から目を離して自分に目を向けてきた玲峰の姿に、そう思った。

「ら、蘭華様……この、翼を持つ子供は一体……？」

「えっと、ええっと……」

　蘭華がどのように返答すべきか言葉をつまらせた、その時だった。

「らっ、蘭華様——っ！」

　蚕小屋の外から、蘭華を呼ぶ綺晶の切羽詰まったような声が聞こえた。

　綺晶がそんな声を出すなんて珍しい。いや、そもそもそんな声を出すことなんて、今まで一度もなかった。

「蘭華様、ひとまず」

　玲峰も綺晶の異変に気づいたのか、外衣を脱ぐと翼人の子供に被せ、手を引いて小屋の外へ飛び出した。

　置いてけぼりにされた格好の蘭華も、すぐにその後を追って外に出た。

　暗い。

見渡せば、まるで月明かりが照らす夜のように空が薄暗くなっていた。

その空を、皆が見上げている。

綺晶や三姉妹だけではない、先に蚕小屋から外に出た玲峰も、玲峰とともに外へ出た翼人の子供も空を見上げている。

そんな面々の様子に、蘭華の目も自然と空へと向けられた。

そして——。

「は……?」

上空に舞う漆黒の巨獣の姿に、あんぐりと口が開く。

まず最初に思ったのは、空を飛んでいる巨獣が、西域から持ち込まれた伝奇書に書かれていた〝ドラゴン〟という怪物——永翔帝国では〝龍〟と称される神代時代の神獣にそっくりだということだ。

ドラゴン——龍は、永翔帝国にも存在したと言われている。ただそれは、はるか昔の〝史実〟とされる御伽噺のような古代神話の中にしか出て来ない。

実在するのか眉唾ものの存在だからこそ、いざ実際に目の前に現れれば自分の目を疑うのも当然だろう。

けれど何度目を瞬かせても、龍は間違いなくそこに存在する。

そして、蘭華の方を見ている。

体長は頭から尻尾の先までで五丈はあるだろうか。

見ているだけで叫びだしたくなりそうなほど恐ろしい眼差しで、こちらをじぃっと見ている。底しれぬ狂気がその目に宿っていることを感じる。

今までそんな眼差しを向けられたことがない蘭華にも、それが感じ取れた。

おそらく、ここにいる皆が同じ思いを抱いただろう。

そんな狂気を孕んだ龍が、ぱかりと口を開いた。

その口の中には、渦を巻く灼熱の火球が見えた。

「は……？」

まさかそれを吐き出すの？　と、信じられずにそう思う。

まさか本当に、龍という生き物はその巨体で空を飛び、口から獄炎を吐き出すものなのかと、古代神話が事実だとでも言うつもりなのかと、半ば笑いだしたくなるほど現実味がない。

しかし、これは紛れもなく事実であり、現実の出来事だ。

そのことを知らしめるように、皆が茫然自失としていることなどお構いなしに、漆黒の龍は口から火球を吐き出した。

「ッ!?　蘭華様！」

誰よりも早く我に返り、現実を受け入れて動けたのは玲峰だった。

火球が迫る中、身を挺して蘭華を守ろうとする。

けれど、その行動にどれほどの効果があるだろうか。周囲が熱で歪んで見えるほどの火球を喰らえば、二人はおろか周囲もろとも焼け野原になってしまう。

だが、火球が放たれた今、もはや他に道はない。

ああ、これで私は死ぬんだ――と、蘭華は率直に思った。

あまりにも突然で、意味もわからず、理不尽な出来事としか思えないけれど、だからこそ非現実的な出来事を前に、心が諦観の域に達してしまっている。

(でも、最後に愛する人の腕に守られて死ぬのなら、存外、悪くはないかしらね……)

「なんか観念してるっぽいけど、大丈夫だからね?」

「……へ?」

降ってきた声に、蘭華はハッとした。そういえば、いつまで経っても放たれた火球が着弾しない。

着弾した痕跡もない。

見れば、周囲には小さな緑の花が一面に咲き乱れ、人ではない、けれど見知った姿がそこにあった。

「樹木の精怪さん!? え、なんで? 龍の火球は!?」

「あんなの直撃しちゃったら大変でしょ。消したわ」

「消した……って」

「蔦瓜（ブリオニア）の花言葉は拒絶。如何に原初の龍が吐くブレスとはいえ、大地や草木を焼かせはしないわよ？」

　そんな力を持っていたのかと、蘭華は素直に驚いた。どうやら花言葉が示す意味を、そのまま攻撃手段として用いることができるようだ。

「た、助かりました……。あの龍のこと、何か――」

「ううぅぅぅぅ……」

　妙な唸り声が聞こえる。「えっ？」と思って見れば、翼人の子供が険しい目つきで龍を睨みつけていた。

「ガアアァァァァッ！」

　そして、獣のような咆哮とともに姿が変わる。翼以外は人とほぼ変わらなかった姿が、瞬く間に目の前の龍と同じような姿となった。

　違いがあるとすれば、色だろうか。

　真っ白で、ともすれば虹色に光り輝いているようにも見える。

　そんな子龍が、漆黒の龍に襲いかかる。

「えぇっ!?　ちょっ――」

止める暇もなく龍と化した翼人の子が漆黒の龍に襲いかかった。

漆黒の龍も、それを迎え撃つ。

ぶつかり合い、威嚇し合い、爪を、牙を振り回して戦い合う。

その様は、じゃれ合っているようには見えなかった。互いが互いに、相手の命を奪おうと死力を尽くしているのがわかる。

「アレはこの世の歪み」

不意に、樹木の精怪がそんなことを言う。

「後継が生まれて先代は死にに来たんだろうけれど、生き物の性ね、どうしたって死には抗うものなのよ」

「……どういうこと？」

樹木の精怪が言う〝アレ〟が龍のことを指しているのは、なんとなくわかる。

けれど、『死にに来た』という言葉は聞き捨てならない。

その言葉は、蘭華の中で大聖女のスイッチを入れるに十分な言葉だ。

「龍っていうのはね、世に自然と発生する厄災をその身に集め、次代の龍が誕生すれば役目を引き継がせるために戦い、溜め込んだ厄災もろとも消滅するの。そういう役割を与えられた……言うなれば、世界の浄化装置ね」

「何よそれ!?」

樹木の精怪の言葉に、蘭華は珍しく声を荒らげた。激昂したと言ってもいいかもしれない。

「そう怒られても、この世界がそういう仕組みになっているんだから仕方ないわ」

憤る蘭華に、樹木の精怪は肩をすくめる。

「龍は厄災を集め、集めた厄災とともに滅ぶ。そうすることで、この世界は安寧を保っていられるの。もし、龍が厄災もろとも死ぬことがなければ、世界の方が滅んでしまうわ。それが、神代時代に制定されたこの世の理」

「私は、そんな話をしてるんじゃないわ」

蘭華の瞳に火が灯(とも)る。

目の前で繰り広げられる龍同士の戦いという、人類史では初めてかもしれない規格外の出来事を前にしても、命が関わる話であるのなら蘭華は黙っていられなかった。

「なんで命をそういう風に消費しなくちゃならないの。命はそんな安っぽいものじゃないのよ」

「なら、あの龍を助けるというの？　けれど、そうすれば世界が滅ぶのよ？　たった一匹の龍と世界の安寧なら、どちらを選ぶかなんて決まっているんじゃない？」

「本当に、どちらかしか選べないの？」

あまり物事に好き嫌いのない蘭華でも、唯一ハッキリと『嫌い』といえることがある。

それが〝どちらかを選べ〟という、二者択一の考え方だ。

なぜ、片方だけを選ばなければならないのだ。

どちらかしか選べないと決めつけ、そこで思考を止めているだけじゃないのか。

知恵は人にとって、他の動物にはない強力な武器だ。その知恵を絞らず、提示された条件だけを鵜呑みにして思考停止するなんて愚かにもほどがある。

極限まで考えに考え抜き、誰も犠牲にならない最善の方法を模索するべきだ。

「龍を救い、世界も終わらせない。それが選び取るべき答えでしょう！」

「そんな方法がある？」

「ある！」

樹木の精怪の言葉に、蘭華は即答で断言した。

でまかせやハッタリではない。確固たる自信を持って、龍から溜め込んだ厄災を消すことができるであろう方法に、ひとつだけアテがある。

「厄災って、つまり卵が吸収してたものと同じようなもんでしょ？　そうでしょう？」私なら、厄災を浄化することができる。そうすれば、龍も死ぬ必要はなくなる。そうでしょう？」

「理屈としては、確かにそうかも。でも、成功するかどうかは賭けになるんじゃない？」

「成功するわ」

間髪を容れず、蘭華は断言する。その言葉は揺るぎない。

「凄い自信ね？」

「相手が龍だろうとなんだろうと、そこに病む者がいるのなら、私は絶対に癒やします。失敗なんてしない。万が一も起こりえない。それだけは、絶対なんです！」

だからこそ、蘭華はただの聖女ではなく〝大聖女〟と呼ばれている。

自覚はしているのだ。

病む者、苦しむ者が最後の寄る辺として自分を頼りにしていることは。

そして、その期待に応えうるだけの力があることも。

ならば、他の聖女や聖人が匙（さじ）を投げるような病や怪我も、自分だけは見捨ててはいけない。

諦めてはいけない。

他の者が〝不可能〟と断じたとしても、せめて自分だけは〝できる〟と断言する。

それが、他者よりも優れた癒やしの力を持って生まれた蘭華を支える、決して揺らぐことのない〝絶対〟の心の芯でもあった。

「けど、相手は空を飛んでいるのよ？　どうやって治療するのかしら？　手で触れなければダメなんでしょう？」

「そこは……樹木の精怪さん、なんとかして！」

「急に他力本願になったわね？」

「適材適所な役割分担と言って!?」

蘭華の言葉に、樹木の精怪は「それもそうか」と納得した。

人は個人で完結している生き物ではない。集団でこそ、その真価を発揮するものだ。

個人はそれほど怖くないが、集団になれば如何なる困難をも打破する強さと、そして恐ろしさを持っている。

樹木の精怪はそういう風に人を認識している。

「でも、ごめんなさいね。空を飛んでる相手にどうこうできる手段って、私は持ってないの」

「えっ、そうなの!?」

「だって、私は樹木の精怪よ。樹木は大地に根付いているの。空は管轄外だわ」

「じゃあ、ええっと……」

「あ、でも。私は使えないけれど、人の子に与える武器ならあるわよ。投げても大丈夫なやつ」

「早く言ってよ！」

そんな樹木の精怪は、地面から生えてきた一本の木目調の槍を手にとった。

「これは私の本体に同居するヤドリギの枝。かつては剣に、あるいは弓矢として人の子の英雄に与えたこともある神器の一つなの。投げれば狙ったところへ必ず命中するし、ちゃんと手元に戻ってくるわ。これなら飛んでいる龍の翼を貫いて、地上に落とすことができるんじゃない？」

「ちょっと乱暴だけど……仕方ないわね」

「あ、でも――」

　樹木の精怪が何かを言いかけるよりも先に、蘭華がヤドリギの枝に手を伸ばした途端、バチッ！　と、衝撃が走って手を弾かれた。

「ったぁっ！　何よ、これ!?」

「言おうと思ったのに聞かないから……。それは誰にでも扱えるものじゃないの。ヤドリギの枝が、持つべき人を選ぶのよね」

「なら、俺ではどうですか」

　と、声を上げたのは玲峰だった。

　その申し出に蘭華は驚いた表情を見せ、樹木の精怪は何を思ったのか、ニコッと微笑(ほほえ)んだ。

「手に取ってみればわかるんじゃない？」

　それを了承と受け取った玲峰は、躊躇う素振りも見せずにヤドリギの枝を摑んだ。

何も起こらない。

蘭華が弾かれた時のような衝撃も感じていないようだ。しっかりと、玲峰の手の中に収まっている。

「玲峰さん……なんともないいんですか？」

「ええ、問題ありません。……蘭華様」

「え？」

「貴女が何かを、誰かを傷つけるような真似をしてはなりません。もし、そのようなことをしなければならない事態に陥った時は、どうか俺に申し付けください」

「え？　でも……」

「ヤドリギの枝を俺が摑めたのは、つまりそういうことなのだと思います。俺は、貴女のために、貴女のためならば、死力を尽くして戦いましょう」

それは一人の男として、武官として——いや、武人としての言葉でもある。

——我が剣は貴女のために。

玲峰はそう言っている。

その言葉の重みがどれほどのものか、その覚悟が如何ほどのものなのか、武人という存在が身近にあった国で暮らしていた蘭華は知っている。

「……私でよろしいんですか？」

だから躊躇った。

それでも。

「愚問です。貴女以上の方など、この世のどこにおりましょう」

武人にそこまで言わせたのだ。これ以上の問答など無粋にしかならない。

蘭華に言えることは、あとひとつ。

〝はい〟か〝いいえ〟だ。

そして、どちらを選ぶかは決まっている。

「玲峰さん……あの龍同士の戦いを、止めてください！」

「御意」

玲峰はヤドリギの枝を逆手に構え、引き絞られた弓弦のように腕を引き絞る。

そして、あらん限りの力を込めて、ヤドリギの枝を投げ放った。

解き放たれたヤドリギの枝は、とても人の力で放たれたとは思えない加速と勢いで空を駆ける。

音が弾け、光り輝き、それはまるで暗雲を振り払う流星のようだった。

「ああ……懐かしい輝きね」

その輝きに、樹木の精怪は目を細める。

ヤドリギの枝が放つ輝きは、過去に何度か目にしたことがあった。最後に見たのは神代時代の終わり、人の子の時代が始まる時期だっただろうか。

神々が残した遺物を巡る動乱の中で、人々から〝英雄〟と呼ばれるほどの武勇と才知を誇る傑物が、世を安寧に導いた際に見せたのが最後だった。

だからこそ、ヤドリギの枝を握れるのは英雄だけなのだ。

勇者ではない。

英雄でなければならない。

その二つには明確な違いがある。

勇者とは勇壮で勇猛で、その姿に人々は前を向く勇気を得る。言うなれば、〝与える者〟こそ勇者と呼ばれる。

対して英雄とは、人々の思いや願いを一身に背負い、それを力に変えて前へ進む者のことだ。

与える者と、背負う者。

故にヤドリギの枝は、人々からの願いや思いを背負って進む者の支えとなり、助けるべく、杖(つえ)となって英雄の手に収まる。

光を灯し、道を照らすために。

動乱を収め、闇の中で藻掻(もが)き足掻(あが)く者たちを導き救う英雄の道標となるのが、ヤドリギの枝だ。

故に、その輝きは〝救済の光〟と呼ばれている。

英雄が、人々が進むべき道を照らす輝きだ。

その輝きが、天空で戦う二匹の龍の翼を貫いた。

「ギャオオオオオオオオオオッ」

天空で猛々しくぶつかり合っていた二匹の龍が、どちらのものともわからない苦悶の声を上げて絡み合うように地面へ落下した。

「蘭華様！」

そんな玲峰の合図とともに、蘭華は落下した龍のところへ駆け出した。あとは触れさえすれば、どんな呪いであろうと解呪することができるはずだ。

だが。

「グルァアアアアアッ！」

翼に穴を開けられ、天空から地上に叩き落とされたからといって、それで身動きが取れなくなるほど龍はヤワではなかった。

濛々と立ち込める土煙の中から、龍がその大きな顎を開き威嚇の声を上げる。その迫力に、蘭華の体はこわばった。

その時だ。

地面から凄まじい勢いで生えてきた無数の蔦が、龍の体を雁字搦めに拘束し、押さえつける。

「地上に落ちたのが運の尽きね。ジシバリの花言葉は束縛、そうそう簡単には動けないわよ？」

胴体から手足や首、尻尾の先に至るまで、無尽蔵に湧き出る蔦が龍を完全に拘束する。

「ありがとう、樹木の精怪さん！」

龍の迫力に一瞬足が止まった蘭華だったが、樹木の精怪の助力を得て再び走り出す。

だが、蘭華は目の前の厄災に汚染された龍ばかりに気を取られて、大事なことを一つ忘れていた。

「ガァァァァァァッ！」

龍は、もう一匹いる。

厄災を集める後継として生まれた龍だ。

それは本能がそうさせているのか、空を飛べないほどの損傷を翼に受けているにも拘わらず、大地を這って束縛されている龍に襲いかかろうとしていた。

「あなた、産まれたばかりの上に空から落ちたわよね？　ちょっと頑丈すぎじゃない!?」

ここで、厄災を溜め込んだ龍が殺されるわけにはいかない。救える可能性があるのだ。殺さなくて済むかもしれない。

　だから大人しくしていてほしい――そう願う蘭華だったが、彼女の一歩と龍の一歩はあまりにも差がありすぎる。間に合わない。

「止まれえええええっ！」

　その龍の前に飛び込んだのは玲峰だった。

　樹木の精怪が言っていたように、投げても手元に戻ってきたヤドリギの枝を振るい、龍にキツい一撃を食らわせて足止めに成功する。

「今ですー」

「はいっ！」

　人の身でありながら、臆することなく龍の足止めをしてくれた玲峰の勇気と献身に応えるべく、蘭華は手をのばす。

「乱暴にしてごめんなさい。でも、必ず助けてあげるから！」

　蘭華の手が漆黒の龍に触れる。

　手加減も遠慮もない、全力全開で癒やしの力を注ぎ込む。

　ピシッと音がした。まるで陶器にヒビが入ったような音だった。

　そんな音を皮切りに、ピシリ、パキパキ、ベキキキキッ！　と、音は次第に大きくなり、漆黒の龍の全身に亀裂が走った。

パラパラと、花びらが散っていくように闇が解かれていく。漆黒の体軀は、厄災が放つ闇だったのだ。

厄災が祓われていく。

龍を覆っていた漆黒の厄災は砕けて塵となり、天へと上って消えていく。

そして最後には、手を打ち鳴らすような破裂音とともに、すべての厄災が跡形もなく消え去った。

あとに残されたものは——。

「……凄い、綺麗」

蘭華が思わず感嘆の吐息を漏らすほど美しい、純白の龍だった。

「この龍はね」

純白の龍に見惚れる蘭華に、樹木の精怪が語りかける。

「人の子には邪龍とか言われていたけれど、本来は聖龍なの。あちこちでいろいろな名で呼ばれているけれど、貴女の国の言葉なら……応龍、かしら？」

「応龍……」

口に出してみたけれど、残念ながら蘭華の記憶にその名はない。初めて聞く名だ。

「その清らかな体で世に溢れ出す厄災を集めるにつれて、純白の体が徐々に濁って黒くなっていくの。だから産まれたばかりの子は、厄災に穢れた親を見ると〝悪しきもの〟と思って襲いかかってしまうのよね。それは聖龍としての本能なの」

そんな話をしていると、応龍がゆっくりと目を開いた。

その眼差しはこれまでのような禍々しさも荒々しさもない、とても静かで穏やかなものだった。

「……そこにいるのは樹木の精怪か」

「人の言葉を……！」

応龍が口にした人の言葉に、蘭華は素直に驚いた。それも、とても静かな、心穏やかになる優しい声音だった。

「久しぶりね。その大きさだと話しにくいから、小さくなったら？」

樹木の精怪の言葉に、応龍は柔らかな光に包まれ、みるみるうちに小さくなって人の姿に転じた。

驚いたことに、その姿は蘭華とさほど変わらぬ年頃に見える女性の姿だった。

すらりと伸びた手足に艶のある黒い髪、変身したということなのだろうが、人と同じような服まで再現されている。

「この身に溜め込んだ厄災が消えておる……我は滅びずに済んだということか。しかしそれで良いのか、樹木の精怪よ。沙羅双樹の化身たる其方にとって、これは好ましからざる状況ではないのか」

「問題ないわ。あなたが溜め込んでいた厄災は浄化されたから」

「浄化？　厄災を消し去ったというのか!?　抜き取ったのではなく？　よもやそのようなことができる者など――」

「それがここにいるのよ」

樹木の精怪に背を押され、蘭華は応龍の前に進み出てしまった。

「其方は人の子か？　いや、この気配……まさか其方は神の一柱か!?」

「え？」

応龍の言葉に困惑する蘭華。

「残念、違います」

そんな困惑を他所に、樹木の精怪はあっさり否定する。

「この子は紛れもなく人の子よ。けれどどんな奇跡か偶然か、あるいは彼の医神の神農(じんのう)の謀(はかりごと)が結実したのか、彼女は神血が濃いみたいなの」

「なんと、そのようなことが……」

「だから、あなたの治療は一時的な応急処置みたいなものよ。時間の経過とともに再び厄災が溜まっていくでしょうね」

「……そうか」

その言葉に、応龍の表情は曇る。

「助けられたことには感謝をしよう。だが……いずれ再び闇に堕ちるというなら、今日ここで散った方が良かったのやもしれんな」

「それは違います」

嘆く応龍の言葉に、蘭華は間髪を容れずに否定した。

今までの話は樹木の精怪と応龍にしかわからないような内容が多くて口を挟めなかったが、命に関わることなら話は別だ。

「命は何ものにも代えがたいものです。失われたら二度と取り戻すことのできない、唯一無二のものなんです。だから悪戯に奪っちゃいけないし、失ったら悲しいんです。あなただってそうです。死ぬことで嘆く者もいるし、あなたが生きることで喜ぶ者もいます」

「ハッ、そんな者など――」

「いますよ」

自虐的に笑い飛ばそうとする応龍を遮り、蘭華は断言する。

気づいていないか、それとも気づかぬフリをしているのだろうか。応龍にもその命を想い、心配する存在は確かにいるのだ。

「母上！」

するとそこへ、一人の子供が応龍の胸元へ飛び込んできた。

名前はまだない。蚕小屋で生まれたばかりの龍である。

「母上！　ごめんなさい、母上！　僕、母上だとわかっていたのに、自分を止められなかった！　ごめんなさい！　ごめんなさい……！」

泣きじゃくりながら謝罪の言葉を繰り返す我が子の姿に、応龍は何を感じたのか、

「ああ……」と溢れた感情が吐息となってこぼれ落ちた。

「……我はこの世に生まれ出ずるとき、親をこの手にかけた。それがとても悲しく、それからは孤独に生きていかねばならなくなった。そういうものだと思っていたのだ」

だから応龍は、絶望した。自分もいずれ狂気に苛まれ、我が子に命を捧げ……我が子にも同じ孤独を味わわせることになると思って絶望したのだ。

「それが……ああ、それがよもや、この手で我が子を抱けるとは……！　そんな奇跡を享受できるとは……！」

「それが当たり前なんです」

噎び泣く応龍に、蘭華は静かに答えた。

「人は――人に限らず知性ある生き物ならば、苦しくて、辛くて、再び厄災にまみれて闇に堕ちようとも、日々の中に落ちているわずかな幸せを見つけて拾い集め、それを糧に進んで行きます。それが〝生きる〟ということでしょう？」

「…………」

「そしてあなたには、そうまで心を寄せる子供がいるじゃないですか。どれほど過酷な運命を背負っていようとも、生きてゆくには十分な理由じゃないですか」

「……そうか」

蘭華の言葉に、応龍は静かに頷いた。

「そうで……あるか。確かに……そうだな」

我が子を強く抱きしめる応龍は、いずれ再び厄災で狂乱することよりも、今ここで我が子を抱きしめることを選んだ。

ならばこそ……ここで死んでおけば良かったなどと思うことは、もう二度とはないだろう。

「そもそも」

そんな応龍と子の抱擁を見ていた樹木の精怪が、誰に言うでもなく口を開いた。

「今度は厄災が溜まりきって正気を失うよりも、普通に寿命が尽きる方が先なんじゃないかと思うのよね」

「ちょっと!?」

そういうことがわかっているなら先に言ってほしかった。

強くそう思う蘭華だった。

「でもほら、これで終わりじゃないのよ？　応龍の方は大丈夫かもしれないけれど、子供の方はそうじゃないからね。今回の応龍のように、いつか厄災に呑まれて狂気に堕ちる。それはどうするつもり？」

「それは……今は考えたくないわね」

蘭華は首を横に振る。けれど、龍が厄災を溜め込むその症状は、なんらかの治療方法を確立させなければならないと、強く思った。

ただ、その方法を今ここで考えるのは無理だ。正直、疲れ切っていて、そんな方法が考えつくほど頭が回らない。

実際、今は頭が本当に働いていなかったのだろう。

「無事に龍の厄災とやらは解けましたか、蘭華様」

「玲峰さん！」

本能に突き動かされて暴れていた子龍を単身で押さえつけていた玲峰のことを、すっかり失念していたのだ。

幸いにも、玲峰は見たところ大きな怪我はしていない。

樹木の精怪から授かったヤドリギの枝のおかげか、それとも玲峰自身の実力なのか、子龍とは言え、そんな伝説級の巨獣を相手によく無事だったと、蘭華は胸をなでおろした。

「ご無事で良かったです」

「ええ。これもすべて、樹木の精怪殿から借り受けたヤドリギの枝のおかげです」

答えて、玲峰はヤドリギの枝を樹木の精怪の前に差し出した。

「ご助力、感謝いたします」

感謝の言葉とともに、頭を下げた。

だが――。

「あげるわ」

「……え？」

予想外の返答に、玲峰は目を丸くした。

神獣すら相手取ることもできるヤドリギの枝を、まるで些末（さまつ）なものと言わんばかりに「あげる」と言われても、戸惑いしか残らない。

「いや、しかし……」

「どうやらその枝は、あなたを持ち主と決めたみたい。だから、あげる」

「ですが、これほどの業物（わざもの）をいただく訳にはまいりません」

「ああ、善意で言ってるわけじゃないのよ？　ヤドリギの枝は英雄たり得る資質を持つ者の杖なのだから」

「英雄の……杖？」

「ヤドリギの枝に選ばれたということは、いずれ背負いきれない苦難と困難に見舞われ、他者から耐えきれないほどの想いを受け取ることになるのよ。それが坊やにとっていいことなのか悪いことなのか……さて、どうかしら？」

「それは――」

「大丈夫です！」

玲峰に先んじて、蘭華が声を上げた。

「何があろうとも、私が！　この大聖女と呼ばれている私がっ！　玲峰さんを癒やして差し上げますから！」

妙な迫力で、まるで念押しするかのように力強く断言する蘭華の態度に、玲峰は自然と頬を緩めた。

「何をおっしゃいますか、蘭華様。みだりに癒やしの力を使ってはなりません。俺は大丈夫ですよ」

「そ、そうですか？　それなら……いいんですけ、どぉ～……」

言葉尻が若干すぼまり気味の蘭華は、ちらっと玲峰の表情を盗み見る。彼女が気になっているのは、やはり、ヤドリギの枝を手にした時に交わした言葉だ。

蘭華の感覚としては、あの時の言葉はやはり、武人の誓いだと思っている。

いや、〝思っている〟ではなく、間違いないと確信している。

だが、玲峰の方はどうなのだろうか？

蘭華は〝武人の誓いを受けた〟と認識しているが、玲峰としてはそんなつもりなんてなかったかもしれない。

選んだ言葉がそれっぽかっただけで、実は盛大な勘違い——ということも、十分にあり得そうだ。

ここはやはり、ちゃんと玲峰の口からも聞いておきたい。

そう思う蘭華の気持ちを、いったい誰が咎められようか。

「あ、あの……玲峰さん」

「どうかなさいましたか、蘭華様」

「——ッ！」

名前を呼ばれただけなのに、なんだか顔が熱くなってきた。

今まで何度も呼び、何度も呼ばれているのに、どうして今ここで急にこんな反応をしてしまうのか、蘭華本人にもよくわからない。

「あの、えっと……そのぉ～……」

自分から呼びかけたのだ。今さら「なんでもありません」はない。むしろ失礼だし、変な女だと思われそうで口を閉ざすこともできない。

「れ、玲峰さんは……私の、その……」

「蘭華様ぁっ！」

「なんですか!?」

横から大きな声で名を呼ばれ、思わずそっちに反応してしまった。

せっかく（個人的には）いい雰囲気だったところを邪魔されて、さすがの蘭華も激おこぷんぷんである。

「『なんですか』じゃないです！　むしろこっちが聞きたいですよ！　さっきのはなんですか!?　龍ですよ、龍！　龍だったじゃないですか！」

ところが、声をかけてきた相手の方がより一層、気持ちが荒ぶって昂揚していた。

誰であろう、養蚕業の手伝いに来ていた三姉妹とともに現場に居合わせてしまった綺晶である。単なる興奮状態というよりも、非常識な出来事が現実で起きて冷静に処理できず、感情が妙な状態で固定されてしまった——という感じだろうか。

「なんでここに龍が現れるんですか!?　いったい何をしでかしたんですか、貴女は！」

「ごくごく自然に私のせいにしないでくれる!?」

蘭華だって巻き込まれたようなものだ。自分のせいにされるのは、甚だ遺憾である。

「蘭華様ぁ！」

「今度は何!?」

振り返ってみれば、そこにいたのは養蚕を手伝いに来てくれていた三姉妹だ。

「蚕小屋が爆発してしまいましたぁ！」

「育てていた蚕も全滅です！　どっ、どうすればいいのか……もう……」

「うえぇぇぇぇぇん！」

長女は顔を青ざめさせ、次女は狼狽え、三女は泣きじゃくっていた。

彼女たちにとって、龍の襲来よりも蚕小屋がダメになってしまったことの方が一大事らしい。さすがは職人魂を持つ三姉妹と感心する他ない。

「そ、そうね、蚕小屋は残念だったけど、あとで必ず再建するから！　その時はもちろん、貴女たちに――」

「蘭華様！」

「今度は誰よ!?　……って、柴詢さん!?」

そういえばこの騒ぎの中、柴詢の姿はもちろん、屋敷で働いている近侍や侍女などの使用人たちは姿を見せなかった。

てっきり避難しているのだと思っていたのだが、今になってやってきたのはどういうことだろう。

「ええ、詳しくはわかりませんでしたが尋常ならざる事態と察し、使用人たちを避難させておりました。騒ぎが収まったようで様子を見にわたくしめが戻ってきたのですが……大変でございます。騒ぎを目にした島民たちが、『何が起きているんだ』と事情説明を求めて集まりだしております」

「えぇっ!?」

確かに、自分たちが暮らしている島で龍が暴れるような事態を目撃したのならどういうことだと説明を求めたくなる気持ちはわかる。

わかるが、その前にまずは逃げろと蘭華は言いたい。

——いや、騒ぎが収まったから、事情を説明しろとやってきたのか。

騒動の最中なら逃げることが最優先だが、今はすっかり落ち着いている。ならば「説明しろ」と言いたくなるのも人の性だ。

「それと——」

「まだあるの!?」

話を続ける柴詢に、蘭華は悲鳴を上げた。これ以上は本当に勘弁してほしい。

それでも柴詢は、「これが役割ですから」と、無情にも報告を続ける。

「先ほど、天子様から伝書鳩(でんしょばと)によって文が届きました。『魔の山から龍らしき神代時代の神獣らしき巨大妖獣が飛び立った。すぐに軍を編制し、派遣する。それまで安全を確保すべし』とのことです」

「遅いわよ!」

思わずツッコむ蘭華だが、問題はそこではない。

軍を編制し、派遣する……？

そんな大事にされても困る。いや、龍が現れたなんて事実は、それだけで大事なのは間違いないのだが、もうすべて終わったのだ。

「……やっぱり遅いわね!?」

兎にも角にも、このままではいけない。ちゃんと事後処理をしなければ、島民の不安と混乱は解消しない。

もしこれで不満が募り、爆発するようなことになれば、それこそ一大事だ。

「あーもぉっ！　わかった、わかりました！　あとは私がなんとかしますっ！　とりあえず、まずは島民への説明ね！」

「待ってください、蘭華様！　貴女が出て行かれるのは――」

「玲峰さん、ちょぉっと黙っててくれますぅ!?」

「あ、はい……」

蘭華の剣幕に何を感じ取ったのか、子龍を相手に一対一で立ち向かった英雄は、頬を引き攣らせて引くことしかできなかった。

「あーもう、この島のためならなんだってするわよ！」

鼻息も荒く、蘭華は勅命に逆らうことになることを理解しているのかいないのか、腕をまくって説明を求める島民たちのところへ向かっていった。

この日を境に、鳳珠島は〝龍が襲来した島〟として、また〝大聖女が住まう島〟として、世間に広く認知されることになるのだった。

余話

大聖女と龍の住処（すみか）

「そういうわけで、我ら親子が住まう場所がほしいのだが」

それは、とある日のことだった。

鳳珠島に神獣である応龍が飛来した一件もどうにか丸く収まる目処が立ち、平穏が戻ってきたなぁと実感し始めた頃である。

どんな経緯や理由でこうなったのか蘭華自身も状況に流されるままだったので覚えていないが、人の姿に転じた応龍とその子が屋敷に押しかけてきて、ともに茶の席を囲むことになってしまった。

その最中に応龍の口から飛び出したのが、先の言葉だった。

「えーと……？」

茶器を手に、どういう返事をするのが正解なのかわからず、蘭華は言葉を詰まらせた。

「我ら親子が住まう場所がほしいのだが？」

「や、聞こえてましたよ。ええ、ちゃんと聞いていましたとも」

同じ言葉を繰り返した応龍に、蘭華は理解している旨を示す……が、言葉の意味ををちゃんと理解できていないのだから、それはある意味、聞いていなかったと言えるのかもしれない。

「あのぉ〜……なんでそれを私に言うんです？」

蘭華がわからないのはそこだ。

応龍は神代の時代に語られる神獣だ。伝説の存在と言ってもいい。別の言い方をするなら、人の世の理を超越した存在。

そんな超越した存在なのだから、どこに住もうが蘭華には——人類種族には何も文句は言えないのではないだろうか。

わざわざ住処を求めなくとも、好きな場所で好きなように住めば良い、とさえ思う。

「我はこの子を産み落とし、長くまどろみの中にいた。世の厄災を溜め込み、世にばらまかんがためにな。しかし——」

過去を語る応龍の眼差しはどこか険しい。その当時のことは、伝説の神獣をもってしても語るのが辛い過去なのだろう。

だが、傍らで月餅にパクつく我が子に視線を移した途端、その眼差しは格段に柔らかくなった。

「今はこの子がいる。もはやまどろみに沈み、ただ時が流れるのを待つばかりはできん。しっかりと現世と向き合い、生きてゆかねばならんと考えた。となれば、山奥で縮こまっとるわけにはいかんであろう？」

「なるほど……えっ？　ちょっと待ってください」

とても立派な心構えですねー……と感心し、感動もしていた蘭華だが、少し考えて、それは〝いい話〟で終わらせられないものだと気づいた。

「もしかして、人の築いた都市に……ううん、ズバリこの島に住むつもりってことですか⁉」

「他にどこに住めと言うのだ？」

「えぇ～……」

それはさすがに予想もしていなかった。

いったいどこの誰が、神獣が人々の暮らす生活圏に居を構えると想像できたであろうか。

少なくとも、蘭華にはできなかった。

「あの……本気ですか？　人と同じ場所に住むなんて……そのぉ……面倒なことも多いですよ？」

蘭華とて、人の世が美辞麗句だけで語られるほど素晴らしいものではないと知っている。国家医療院に傷を負って担ぎ込まれる患者たちのどれほどが、とても外には漏らせない修羅場をくぐったことか……数えたくもない。

そんな修羅場がもし応龍の親子にも降りかかることになったら、果たしてどうなってしまうのか。

考えただけでも恐ろしい。

「本当に大丈夫ですか？　ある日突然、『このゴミ虫どもめ！』とか言い出して、島を沈めたりしませんか？」

「……お主は我をなんだと思っておるのだ……？」

割と本気でそういう心配をしている蘭華だが、応龍の方こそ蘭華の考えがあまりにも突拍子もなさすぎて呆れていた。

「我とて分は弁えておる。何かあれば、人の道理に合わせた力で殴り返すわ」

「いや、そもそも殴り返さないでください」

応龍が無抵抗主義の平和主義者とまでは思っていないが、そこで出てくる選択肢が〝殴り返す〟なのだから大概だ。

せめて、人の法に則った理知的な反撃にしてほしい。

「そういうわけで、我ら親子が住まうには、どの場所が良いだろうか？」

「だから、なんでそれを私に相談してるんです？」

応龍親子が人の都で生活する。

本人たちにその気があるのなら、百歩譲ってそれはいいのかもしれない。

だが、それなら自分ではなく島を、ひいては国を統治する九龍帝に話を持っていってくれないだろうかと思う。

永翔帝国民ではない、それどころか人ですらない神代時代の神獣が住まう場所の選定なのだから、それこそ天子の仕事に相応しいとさえ思う。

「何を言う。医神の神血を色濃く受け継ぐ我らの救い主を頼らず、どこの誰を頼れと言うのだ」

「知りませんよ、そんなこと」

医神だ神血だのと樹木の精怪も言っていたが、蘭華にしてみればまったく身に覚えのない話である。それを持ち出されても、甚だ困るというものだ。

「私はただ、誰であれなんであれ、傷ついたものや病むものを癒やすだけです。なので、神様に祈るみたいに無理難題を持ちかけられても解決できませんよ。頼るというのであれば……そうですね、樹木の精怪さんがいいんじゃないですか？」

「あやつはダメだ。あるべき事象をあるがままに受け入れて流すだけ。これから新たな道を探そうとする我らの変化こそ受け入れるだろうが、流れゆく先まで整えてはくれん」

「……どういう意味です？」

「頼りにならん――ということだ」

　そうかなぁ？　と思う蘭華だが、どうやら応龍と樹木の精怪の付き合いは長く、そんな応龍が樹木の精怪を指してそう言うのなら、おそらくそうなのだろう。

「なので、どうであろうか。お主は本来ならば死すべき我を救ったのだぞ？　ならばついでに、救った後のことでも手を貸してはくれんか？」

「それとこれとは話が別です！」

　蘭華は何かにつけて〝救う〟と口にするが、それは、正しく表現するならば〝癒やす〟という意味合いで使っている。正しい意味で人を〝救う〟ことなどできるわけがないと、そういうところは弁えている。

だが、しかし――こうやって頼られてしまえば、無下に「ダメです」とも言えなくなるのが蘭華だった。

「それなら……ええっと……」

　蘭華は少し、真面目に考えてみる。

　仮に応龍が神獣でなかったとして、新しく島外の帝国民が移住するにも、この島に新しく家を建てられるような空き地はあるのだろうか。

　島の大部分は山であり、外輪山で囲まれている。人々が暮らすのは、ごくわずかな平地である。

　そもそも新しい入島者を受け入れることができないのでは？

蘭華自身、天子の屋敷を譲り受けて暮らしているのだ。

それも、無駄に広い西域様式の屋敷を。

「……あー」

無駄に広い西域様式の屋敷——という文言で、応龍たち親子の住居のあてに思い至ってしまった。

「なんだったら、この屋敷に住みます？」

口に出してみて、これは思ったよりもいい案なのでは？　と蘭華は自賛した。

応龍親子は種の性質として、この世の厄災を溜め込んでしまう。それを散らすことができるのは今のところ蘭華だけであり、どれほどの頻度かはまだ不明ながらも、〝患者〟が近くにいてくれるなら往診するのも楽である。

同じ屋根の下ならなおさらだ。

「なんと！　ここに住まわせてくれると言うのか？　お主がそれで良いのなら、こちらとしても異存はない。だが……本当に良いのか？　ここに住んでるのはお主だけではなかろう。屋敷の住民と相談せんで、本当に良いのか？」

「ああ、そこは大丈夫ですよ。なんでも私、この屋敷の主らしいですから。その私が『よし』と言うなら、誰も文句は言いませんから」

などと蘭華は胸を張り、かくして神獣親子は希代の大聖女の屋敷で一緒に暮らすこととなった――の、だが。

　蘭華はとても大事なことを忘れている。

　確かに屋敷の主は蘭華だが、真の支配者は他にいる――ということを。

「まったく貴女という人は！　また勝手に大事なことを決めてしまうなんて！」

「ごっ、ごめんなさい！　でもね、私もよく考えて――」

「黙らっしゃい！　こんなとんでもないことを、誰に相談することもなく即決するなんてぇ～っ！　今さら『ダメです』とは言えないですが、天子様にどのようにご報告するおつもりですか!?」

「そ、それは……えっと……報告しないと……ダメ？」

「ら～ん～か～さ～まぁ～っ！」

「ごごごごっ、ごめんなさぁ～～～い！」

　館の真の支配者――漣綺晶にこっぴどく叱られて、蘭華は平身低頭で謝り続けるしかなかった。

―――本書のプロフィール―――

本書は書き下ろしです。

小学館文庫

おつかれ聖女は休暇中！
～でも愛のためには頑張ります～

著者　氷川一歩

二〇二二年三月九日　初版第一刷発行

発行人　石川和男
発行所　株式会社　小学館
〒一〇一-八〇〇一
東京都千代田区一ツ橋二-三-一
電話　編集〇三-三二三〇-五六一六
販売〇三-五二八一-三五五五
印刷所 ―――― 図書印刷株式会社

ISBN978-4-09-407130-6

大阪マダム、
後宮妃になる！
田井ノエル

CHARABUN
キャラブン！
小学館文庫